d

Erich Hackl

Familie Salzmann

*Erzählung
aus unserer Mitte*

Diogenes

Umschlagillustration:
Werner Berg, ›Sommernacht‹, 1958 (Ausschnitt)
Copyright © Werner Berg Museum Bleiburg/
www.wernerberg.museum

Alle Rechte vorbehalten
Copyright © 2010
Diogenes Verlag AG Zürich
www.diogenes.ch
200/10/44/1
ISBN 978 3 257 06758 3

*Mancher sucht etwas, das
andere angeht. Oder alle.*

Günther Weisenborn,
›Der Verfolger‹

Gegen Ende des vorigen Jahrhunderts, das der Historiker Eric Hobsbawm zum Zeitalter der Extreme ernannt hat, trat der damals vierundzwanzigjährige Hanno Salzmann eine Stelle als Kanzleikraft der Steiermärkischen Gebietskrankenkasse in Graz an. Die ihm zugewiesene Arbeit in der Beitragsabteilung verrichtete er nach bestem Wissen und Gewissen, wenn auch in der ständigen Anspannung, ob er den in ihn gesetzten Erwartungen genügen würde. Er war bescheiden, dabei hilfsbereit, von angenehmen Umgangsformen, bemüht, seine Aufgaben rasch und zur Zufriedenheit aller Kollegen und Vorgesetzten zu erledigen. In der ersten Dienstbeschreibung vom 10. November 1994 wurde er jedenfalls als initiativ und fleißig, anhaltend belastbar, aufgeschlossen, kollegial, zur Zusammenarbeit gut geeignet und im Verhalten gegenüber anderen Mitarbeitern als sachlich, höflich und korrekt beurteilt. Von den lärmenden, bisweilen alkoholfeuchten Geselligkeiten in und nach den Amtsstunden hielt er sich fern.

Hannos Unglück begann, als er sich mit Jochen Koraus, einem gleichaltrigen Kollegen, anfreundete. Die beiden gingen gemeinsam weg, ins Kino, auf den Fußballplatz und zum Schachspielen in ein Café, nachdem Koraus eines Tages unvermutet, ohne vorherige Aufforderung oder

Nachricht, vor der Tür gestanden war, mit einem gewinnenden Lächeln und einem blühenden Weihnachtsstern als Gastgeschenk für Hannos Mutter. Sie und der Vater waren erleichtert darüber, daß ihr jüngerer Sohn an seinem Arbeitsplatz schnell Anschluß gefunden hatte, weil sie seit ihrer Pensionierung wenig Kontakt zur Außenwelt hielten und mit Sorge beobachtet hatten, daß er dazu neigte, ihre zurückgezogene Lebensweise nachzuahmen. Der ältere, Peter, war von Geburt an schwer behindert, brauchte ständige Pflege und einen möglichst geregelten Tagesablauf im vertrauten Umfeld der Familie, allein deshalb wäre es den Eltern schwergefallen, ein geselliges Leben zu führen. Sie waren hellhörig gegenüber unbedachten Einwürfen, in denen sich die Überzeugung der Sprechenden offenbarte, daß Gesundheit das höchste Gut sei, das es zu wahren und zu vermehren gelte, höher als Herzensbildung, und daß physische wie psychische Gebrechen in den meisten Fällen den davon Betroffenen oder deren Angehörigen anzulasten wären. Außerdem wurden sie den Verdacht nicht los, von Personen umgeben zu sein, die sich ihren Bekanntenkreis nach eigennützigen Motiven aussuchten: Nützt mir der Umgang mit diesem oder jener beim Vorwärtskommen. Entspricht er meinem Status. Gewinne ich durch ihn an Einfluß und Ansehen, oder schadet er mir auf meinem Weg nach oben. Muß ich Gefühle investieren, und wenn ja, lohnt sich der Einsatz. Sie waren und blieben Fremde in Graz, auch wenn sie schon seit Jahrzehnten hier gelebt und gearbeitet hatten, das sagte ihnen ihr Instinkt, aber es war gerade das unklare Empfinden, nirgendwo dazuzugehören, das sie besonders wehrlos machte, als Hanno vom Strudel der Ereignisse erfaßt wurde.

Später, als sie zu grübeln anfingen, wie alles gekommen war, konnten sie nicht umhin, Koraus zu verdächtigen, sein durch die Freundschaft mit ihrem Sohn erworbenes Wissen im Büro ausgeplaudert zu haben, denn die Attakken auf Hanno verrieten eine intime Kenntnis der Familienverhältnisse, auch wenn sie im entscheidenden Punkt von einer falschen Voraussetzung ausgingen. Es war vor allem dieser eine beiläufig geäußerte Satz, der Hanno nachhaltig schaden sollte: Meine Oma ist in einem KZ umgekommen.

Hannos Großmutter wurde am 5. Februar 1909 in Kothvogl, einem Dorf nahe der Ortschaft Stainz im Bezirk Deutschlandsberg, als vorletztes von dreizehn Kindern des Ehepaares Josef und Elisabeth Sternad geboren und eine Woche später unter dem Namen Juliana im Taufregister der Pfarre eingetragen. Vier Geschwister waren noch im Kleinkindalter an der Seuche, die Armut heißt, verstorben. Josef Sternad, der aus Cilli im heutigen Slowenien stammte, war Schuhmacher und Brandmeister der Freiwilligen Feuerwehr, seine Frau hatte in einer Ziegelei geschuftet, ehe sie von der Gemeinde Stainz als Badewärterin angestellt wurde. Den drückenden Sorgen, wie sie und ihre Kinder durchzubringen wären, begegnete der

Mann mit einer Mischung aus Gleichmut und Frohsinn, die Frau mit unerschütterlichem Gottesglauben. Dreimal die Woche lief sie in die Kirche, um zu beten und sich von ihren eingebildeten Sünden freisprechen zu lassen. Dort sagte der Dechant gelegentlich, als Antwort auf ihr Klagen, daß sie schon wieder schwanger sei, dabei außerstande, die hungrigen Mäuler zu Hause zu stopfen, Frau Sternad, Kinder bringen Segen. Als sie mit siebenundvierzig Jahren an Herzversagen starb, kümmerte sich ihre Tochter Ernestine um die beiden jüngsten Schwestern, Juliana und Anna, die damals noch zur Schule gingen. Ernestine hatte seit langem als Bedienerin gearbeitet, im Kaufhaus Kollmann, nun übernahm sie den schlecht entlohnten Wärterposten im gemeindeeigenen Frei- und Wannenbad, so daß die Familie weiterhin im ebenerdigen Haus gleich neben dem Schwimmbecken wohnen durfte, das Josef Sternad von Zeit zu Zeit verließ, einen leeren Rucksack umgeschnallt, um sich in Graz mit Leder, Stoßplatten und Schuhzwecken zu versorgen. Den Weg, zweimal fünfundzwanzig Kilometer, legte er, in Ermangelung des Fahrgeldes für den seit 1926 verkehrenden Linienbus, zu Fuß zurück.

Von der Mutter hatte Ernestine unverdrossenen Fleiß, vom Vater ein heiteres, unbefangenes Wesen geerbt, auch die Freude daran, sich in turbulente Verwechslungskomödien zu versetzen, die ein gutes Ende fanden, wenigstens in den Theaterstücken, die in Gaststuben und auf Tanzböden zur Aufführung kamen. Die Laienschauspieler der Stainzer Volksbühne, bei der sie mitwirkte, wurden mit ihren Bauernschwänken in die Nachbardörfer und Bezirksstädte eingeladen, bis weit in die Oststeiermark hinein, wo ein evangelischer Pfarrer, noch zu Lebzeiten von Elisabeth Sternad, Gefallen an der heftig akklamierten Hauptdarstellerin gefunden hatte. Verwirrt von den zaghaften, bald schon deutlichen Zeichen seiner Zuneigung, im Grunde ihres Herzens auch bereit, seine Gefühle zu erwidern, und schließlich in heißer Liebe entflammt, hatte sich Ernestine der Mutter anvertraut, die ihr auseinandersetzte, daß einer solchen Affäre keine Zukunft beschieden wäre. Ernestine verbat sich jeden weiteren Gedanken an eine Verbindung, die sowohl die sozialen als auch die konfessionellen Grenzen gesprengt hätte, und gab erst etliche Jahre später dem Werben eines tüchtigen Tischlers namens Peter Fuchs nach, mit dem sie eine lange und einigermaßen glückliche Ehe geführt hätte, wenn nicht der Krieg gekommen wäre.

Juliana war ebenso pflichtbewußt wie die Schwester, die an ihr Mutterstelle vertrat. Wenn sie und Anna sonntags ins Hochamt geschickt wurden, betrat sie auch tatsächlich das Gotteshaus, während die Jüngere nach dem Zusammenläuten draußen stehenblieb, ungeduldig zusah, wie die Kirchgänger mit kurzen Schritten durch das Tor rückten, sich dann davonstahl, den Schloßplatz hinauf zur Alten Schule, neben der ein Fußweg aus der Ortschaft führte, in die Obstgärten, wo sie sich mit ihren Freundinnen, vielleicht auch dem einen oder anderen Burschen vergnügte. Nach der Volksschule bemühte sich Juliana vergeblich um eine Lehrstelle. Ein paar Jahre lang übernahm sie Näharbeiten, von denen sie aber nicht leben, nur das schmale Familieneinkommen aufbessern konnte. Sie war schon Anfang zwanzig, als sie beschloß, ihrer älteren Schwester und ihrem Vater nicht länger auf der Tasche zu liegen. Eines Tages schnürte sie ein Bündel, für das ihr Josef Sternad eine Speckseite, einen halben Laib Brot und ein paar Äpfel bereitgelegt hatte, und wanderte zum Markt hinaus. Am Ende der Kastanienallee drehte sie sich ein letztes Mal um, sah Ernestine winken, wischte sich mit der Schürze die Tränen vom Gesicht und schritt in ihren genagelten Schuhen weit aus.

Das Stainz von damals, eine sich unter das mächtige Schloß duckende Ortschaft, in der ein paar Gewerbetreibende, Gastwirte und Gendarmen, dazu der Pfarrer, der Gemeindearzt, der Bezirksrichter und der Notar neben dem Betriebsleiter der Zündwarenfabrik dafür sorgten, daß die aufrührerischen Ideen, die sich bei Ausrufung der Republik bis hierher verbreitet hatten, allmählich verödeten. Die Fabrik mußte, der Ortschronik zufolge, 1928 stillgelegt werden, im Jahr darauf feierte man das siebenhundertfünfzigjährige Bestehen des Augustiner-Chorherrenstifts, und am 12. Juli 1931 war das Luftschiff Graf Zeppelin während seines Österreich-Rundflugs auch über Stainz zu sehen. Umgehend wurde im Gemeinderat der Beschluß gefaßt, dem Luftschiffer Hugo Eckener in Anerkennung seiner Pioniertat ein Fäßchen Schilcherwein nach Friedrichshafen zu schicken. Anzunehmen, daß Juliana zur gleichen Zeit irgendwo zwischen Frankfurt und Mainz einer launenhaften Herrschaft die Betten aufschüttelte, den Boden wischte, Geschirr spülte und Auslagenfenster putzte, gegen Kost und Quartier, ehe sie sich wieder auf den Weg machte, von der Hoffnung getrieben, in der nächsten Stadt eine dauernde Bleibe und eine feste Stelle zu finden.

Im Kurort Bad Kreuznach, rund sechshundert Kilometer nordwestlich von Stainz, sollte sie kurz darauf den Metalldreher Hugo Salzmann kennenlernen. Am 4. Februar 1903 geboren, als zweites von fünf Kindern des Ehepaares Peter und Auguste, geborene Rose, Glasmacher und Näherin, war er von den Entbehrungen der Kriegsjahre nachhaltig geprägt worden. Noch Jahrzehnte später, während seiner Haft im Zuchthaus Butzbach, kam ihm seine Mutter in den Sinn, wie sie im Winter 1917/18, als der Vater an der Westfront stand, erschöpft, lungenkrank bereits, durch tiefen Schnee zu Bauerngehöften stapfte, wo sie Flicken setzte, Schürzen nähte, Jacken und Röcke wendete, für einen Liter Milch, zwei oder drei Eier, eine Speckschwarte, die sie zu Hause, zwei engen Kammern unter dem Dach, unter den Kindern aufteilte. Ein paar hundert Meter weiter hatten die Generale Hindenburg und Ludendorff ihr Hauptquartier aufgeschlagen, im Kurhaus und im noblen Hotel Oranienhof, wo Hindenburg an seinem siebzigsten Geburtstag einem Reporter auf die

Frage nach seinem Befinden zur Antwort gab: Der Krieg bekommt mir, wie eine Badekur! Die Mutter, ehe sie im Jahr darauf an Schwindsucht verstarb, schimpfte auf die Kreuznacher Geschäftsleute und Honoratioren, die sich in der Etappe herumtrieben, weil sie dem örtlichen Militärkommandanten Pakete zukommen ließen mit Leckereien, Drogeriewaren, modischen Stoffen für die Frau Gemahlin oder das Fräulein Braut. Mein Mann muß für die an die Front, und haben keine fünf Kinder.

Das herrschende Unrecht. Es erkennen und zu deuten wissen. Für Hugo Salzmann gab es, scheint's, nie einen Moment des Zögerns oder Zweifelns, auch nicht der Versuchung, die gesellschaftlichen Verhältnisse als naturgegeben hinzunehmen. Schon im ersten Lehrjahr, 1918, war er dem Deutschen Metallarbeiter-Verband beigetreten, leitete später dessen Jugendgruppe, dann die Kreuznacher Sektion des Allgemeinen Deutschen Gewerkschaftsbundes. Mit siebzehn wurde er zum Organisationsleiter des Kommunistischen Jugendverbandes, mit zweiundzwanzig zu dem der Kommunistischen Partei gewählt, war Vorsitzender der Roten Hilfe und des Roten Frontkämpferbundes, dazu noch Schriftleiter der Ortszeitung ›Leuchtrakete‹. Seit 1924 war er Betriebsratsvorsitzender der Firma Ost und Scherer, die Badeöfen, Gießkannen, Lögel, Aktenschränke und Transportbehälter herstellte. 1929 zog er als jüngster Stadtverordneter in den Stadtrat ein, wo ihm das Sozialreferat für Erwerbslose und Ausgesteuerte übertragen wurde.

Salzmann galt als integer und verläßlich, nicht nur bei den Wählern und Sympathisanten seiner Partei, die Bedürftigen der Stadt vertrauten darauf, daß er nichts unversucht ließ, ihre Lage zu verbessern, und sich bis spät in die Nacht hinein um ihre Anliegen kümmerte, er lebte bescheiden, trank nicht, machte keine großen Worte, zog aber als Redner, der die Nutznießer der Wirtschaftskrise beim Namen nannte, die Zuhörer in seinen Bann. Früher als seine Parteigenossen erkannte er die Gefahr des heraufkommenden Nationalsozialismus, anders als sie bemühte er sich um Verständigung mit der Sozialdemokratie, wenigstens ein Zweckbündnis, meinte er, sollten die beiden Parteien schließen, um den Zulauf zur Hitlerbewegung zu stoppen. Den Nazis in Kreuznach und Umgebung war er besonders verhaßt, als ein Rädelsführer der Kommune, der in Auftreten und Charakter noch dazu dem kolportierten Idealbild des Nationalen Sozialisten glich, furchtlos, selbstlos, ohne Laster.

Unbekannt, wie er und Juliana zueinander fanden. Vermutlich hatte die junge Frau, auf ihrer geduldigen Suche nach einer Anstellung, in Erfahrung gebracht, daß Arbeitsuchende in Bad Kreuznach nicht gleich in die nächste Gemeinde abgeschoben, sondern für ein paar Tage mit Kost und Quartier versorgt wurden. So bescheiden sie auch war, die Wochen und Monate auf der Walz hatten ihr beigebracht, jede Gelegenheit zu nutzen, um in einer Herberge zu einem Dach über dem Kopf und einem billigen Armenessen zu kommen. Anzunehmen, daß ihr dort geraten wurde, sich im Rathaus zum Stadtverordneten Salzmann durchzufragen. Anzunehmen auch, daß bei ihrer ersten Begegnung – nachdem sie lange in der Schlange der Hilfesuchenden angestanden war, die sich durch den Flur des Amtsgebäudes über die Treppe bis zur Straße wand – noch kein Funke gegenseitigen Erkennens übersprang; möglich, daß Juliana, vom Warten geschwächt, gegen eine Ohnmacht ankämpfte, als sie endlich an der Reihe war, und Hugo Salzmann aufsprang, ihr einen Stuhl unterschob, dann um ein Glas Wasser lief. Als er es ihr reichte, berührten sich ihre Hände einen Moment lang. Die seinen waren schmal, die Finger fein und zart, was Juliana verwunderte, weil sie aufgrund der Gespräche in der Warteschlange erwartet hatte, einen gedrungenen oder stämmigen Mann mit Schiffermütze und Händen breit wie Schaufelblätter vorzufinden. Hugo war etwas kleiner als Juliana, eins achtundsechzig vielleicht, drahtig und schlank, mit vollem, nach hinten gekämmtem Haar. Er hatte helle braune Augen unter dichten Brauen, die oberhalb der Nasenwurzel an zwei Längsfalten endeten. Zusammen mit den hohen Backenknochen und den hohlen Wangen ließen sie ihn gegenwärtig und abwesend zugleich aussehen, lebhaft, aber wie verzehrt von innerer Glut. Er könnte ihr, während sie ihm noch aufzählte, welche Tätigkeiten sie bisher ausgeübt habe und auf welche sie sich außerdem verstehe, die Adresse einer Firma aufgeschrieben haben, von der er wußte, daß sie manchmal, tageweise, Hilfsarbeiterinnen aufnahm, dazu den

16

Namen des Personalleiters, sagen Sie ihm, Hugo hat Sie geschickt. Dann könnte er sie gefragt haben, ob der Schwächeanfall vorbei sei, und ein Nicken zur Antwort bekommen haben, worauf er die Hand ausgestreckt und die ihre gedrückt hätte. Fest und kurz, ohne Absicht, sich bei ihr in Erinnerung zu halten.

Vielleicht liefen sie einander Tage oder Wochen später auf der Nahebrücke über den Weg. An einem ungewöhnlich milden Abend Ende Oktober einunddreißig, an dem Hugo Salzmann im Städtischen Saalbau auf einer Parteiversammlung sprechen sollte, und er nahm sie kurzerhand mit. Kann sein, ihm gefiel, daß sie sich nicht plusterte wie andere Frauen, die er kennengelernt hatte, daß ihr nicht in den Sinn kam, sich hervorzutun, daß sie weder abweisend noch ausgelassen war, zurückhaltend, das schon, aber nicht verschüchtert. Dazu die für seine Ohren fremdartig burleske Mundart, Wörter, die er nicht verstand, langgezogene Zwielaute wie bei einem Kurgast aus Übersee, der ihn vor Jahren einmal nach dem Weg gefragt hatte, schon bei ihrer Begegnung im Amtshaus hatte er einen Moment lang geglaubt, sie stamme wie dieser aus den Vereinigten Staaten von Amerika. Juliana war schmal, sie trug das Haar kurz, mit einem Seitenscheitel, weniger der Mode wegen, sondern weil es praktisch und zeitsparend war, die langen Zöpfe hatte sie sich bald nach ihrem Aufbruch aus Stainz abgeschnitten. Ihr Blick war arglos und froh, dabei voll Sehnsucht, nach Frieden und Geborgenheit oder auch nur nach dem Glück, einen

Menschen zu treffen, der sich für diese Sehnsucht erregt, selbst auf die Gefahr hin, die eigene Existenz zu verwirken.

Mehr als tausend Menschen waren gekommen, um den Ausführungen der beiden Redner – zuerst sprach ein Genosse aus Frankfurt am Main, der Reichstagsabgeordnete Otto Brenzel – zu folgen. Das Thema, Nationalsozialismus und Kommunismus. Der kahlköpfige Brenzel, ein gelernter Schreiner, der durch einen Arbeitsunfall den Daumen der rechten Hand eingebüßt hatte und bei politischen Veranstaltungen immer in Anzug und Krawatte auftrat, nahm als erstes die Bannerweihe des Kreuznacher Kampfbundes gegen den Faschismus vor. Er wies darauf hin, daß die rote Fahne ihren Ursprung im Aufstand der Sklaven im alten Rom genommen habe, mit dem roten Lendentuch, das Spartakus als Banner auf einen Stab gesteckt habe. Dann kam er auf die Erfordernisse und Perspektiven der Gegenwart zu sprechen. Eiserne Disziplin, steter Vormarsch der Partei, Zeitenwende, so erlebnisreich, daß uns die Enkel noch darum beneiden werden. Eine neue, höhere Gesellschaftsordnung sei im Werden, die von Marx, dem größten Nationalökonomen, und Lenin, dem größten Revolutionär aller Zeiten, eingeläutet worden sei. Brenzel übte scharfe Kritik an der deutschen Sozialdemokratie, weil sie in historischen Augenblicken stets dem Nationalen den Vorzug gegeben und das Proletariat verraten habe, zum Beispiel bei Ausbruch des Weltkriegs, mit ihrer Zustimmung zu den Kriegs-

18

krediten, in dessen Folge die Arbeiterbrüder an den Fronten verblutet seien.

Wir sagen: Proletarier aller Länder, vereinigt euch! Die Sozialdemokraten sagen: Proletarier aller Länder, beruhigt euch.

Warnung vor den Nationalsozialisten, die den Boden bestellten, den die Sozialdemokraten für sie bereitet hätten. Ihr nationales Gebrüll könne nicht darüber hinwegtäuschen, daß sie bereits auf viele ihrer Grundsätze verzichteten und in der Kruppschen Methode der Automatisierung, Massenentlassung und Lohnkürzung den positiven Weg aus der Krise sähen. Die Nationalsozialisten wollen die Arbeiter in tiefere Knechtschaft führen, rief Brenzel, wir wollen sie erlösen, wie wir in Rußland den Arbeiter und die Frau erlöst haben. An dieser Stelle, so vermerkte der ›Öffentliche Anzeiger für den Kreis Kreuznach‹ in seinem ausführlichen Veranstaltungsbericht, brandete lebhafter und lang anhaltender Beifall auf.

Hugo Salzmann ging in seinem Beitrag auf eine Massenkundgebung der NSDAP ein, die wenige Tage zuvor im Evangelischen Gemeindehaus stattgefunden hatte. Dort war Felix Neumann, ein Mitbegründer der KPD, als Redner aufgetreten. Die Kommunistische Partei Deutschlands hatte ihm nach dem Scheitern der für Oktober 1923 geplanten Revolution Aufbau und Leitung einer Geheimgruppe übertragen, die sie vor Spitzeln schützen sollte. In Durchführung seines Auftrags hatte er in Berlin einen Schutzmann angeschossen, der nach zehn Wochen an den Folgen der Verletzungen gestorben war. Neumann wurde im April 1925 zum Tode, später zu lebenslanger Freiheitsstrafe verurteilt. Im Gefangenenhaus Sonneberg, das ihm, nach eigenen Worten, zur Universität wurde, wandelte er sich zum fanatischen Nationalsozialisten und wurde nach seiner Begnadigung als Propagandist überall dort eingesetzt, wo – wie in Kreuznach – KPD und NSDAP um die Vormacht innerhalb der änderungswilligen Arbeiterschaft rangen. Erstens, weil sein Auftreten als Kronzeuge im sogenannten Tscheka-Prozeß, dann die Flucht aus dem Gefängnis und der öffentlich inszenierte Übertritt zur Nazipartei großes Aufsehen erregt hatte; zweitens, weil er in Auftreten und Rhetorik seine politische Herkunft nicht verleugnen konnte; drittens, weil er von früher her intime Kenntnisse über Vorgänge innerhalb der KPD und über Zustände in der Sowjetunion besaß oder zu besitzen vorgab. Das Argument, daß er kraft oder trotz seiner kommunistischen Vergangenheit zum Nationalsozialismus gefunden habe, machte den Abtrünnigen für seine ehemalige Partei zu einem besonders unangenehmen Kontrahenten.

Als er an jenem Abend seine Brandrede gegen Kommunismus, Sozialdemokratie und die Weimarer Republik beendet hatte, war Salzmann aufgestanden und hatte sich, ungeachtet der aufgeheizten Stimmung im Saal, zu Wort gemeldet. Fünfzehn Minuten lang bemühte er sich, die Argumente und Behauptungen seines Vorredners zu zerpflücken. Plötzlich stürzten, in der Absicht, ihn von der

Bühne zu stoßen, die Männer der eigens aus Koblenz bestellten Schutzstaffel von hinten auf ihn zu. Seine Geistesgegenwart sowie die Tatsache, daß er die warnenden Zurufe aus dem Publikum richtig zu deuten wußte, vereitelten das Vorhaben. Wie durch ein Wunder kam er in der nun beginnenden Saalschlacht, bei der zwei Nazis, ein Kommunist und ein Polizist erheblich verletzt wurden, mit ein paar blauen Flecken davon.

Davon berichtete er, in knappen Worten, ohne viel Aufhebens zu machen. Er erwähnte auch, daß er die NSDAP zur heutigen Veranstaltung eingeladen und ihr volle Redefreiheit versprochen habe, daß aber ihr Ortsleiter, der Weingutsbesitzer Pies aus Langenlohnsheim, die Einladung ausgeschlagen habe, weil die körperliche Unversehrtheit der Personen nicht gewährleistet sei. Pies hatte in seinem Antwortschreiben darauf verwiesen, daß die Fensterscheiben des Parteilokals eingeschlagen und ortsbekannte Nazis auf der Straße schwer mißhandelt worden seien. Er machte Kommunisten für diese Aktionen verantwortlich. Salzmann wies die Anschuldigungen zurück: Wir haben es nicht nötig, mit Steinwürfen zu kämpfen, es hätte ja auch keinen Sinn, denn die Fensterscheiben bezahlt die Versicherung und nicht die Partei. Wir haben es auch nicht nötig, uns auf Straßenkampf einzulassen. Wir wahren eiserne Disziplin, wir brauchen in unseren Versammlungen nicht hundert Mann Saalschutz auf die Bühne zu stellen. Das einige Arbeitervolk läßt sich nicht auf Schlägerei ein.

Kann sein, daß Salzmann es sich nach der Veranstaltung nicht nehmen ließ, Juliana bis zur Herberge zu begleiten. Oder daß sie vorher noch, mit Brenzel und einigen anderen Genossen, in einer Wirtschaft einkehrten und weiterdiskutierten, bis Mitternacht, und dann bot er ihr an, bei ihm zu übernachten, denn die Schlafstelle war schon geschlossen. Oder auch, daß sie sich still davonmachte, während er noch, umringt von seinen Genossen, eine Menge Fragen beantworten oder Gemüter beschwichtigen mußte, weil Pies, wie bekanntgeworden war, nach den Vorfällen im Evangelischen Gemeindehaus bei der Staatsanwaltschaft Koblenz gegen ihn und seine Genossen Anzeige wegen Landfriedensbruch erstattet hatte. Wie Juliana und er wirklich zueinander fanden, bleibt ungewiß, es gibt keine Aufzeichnungen, keine Erinnerungen, die mündlich weitergegeben worden wären, keine Briefe oder Mitteilungen an Dritte, die Rückschlüsse ermöglichen würden, das erste Bild, auf dem die beiden gemeinsam zu sehen sind, oval im vergilbten Weiß, ist mit 8.9.1932 datiert. Da waren sie schon verheiratet und Juliana im siebten Monat schwanger.

Der mir die Geschichte erzählt hat, in der Hoffnung, daß ich sie mir zu Herzen nehme, ist am 2. November 1932 im Krankenhaus St. Marienwörth zur Welt gekommen. Per Kaiserschnitt, auf Anraten des als außergewöhnlich gewissenhaft beschriebenen Arztes Dr. Böhm, der Komplikationen befürchtet hatte. Das Kind wurde, wie sein

Vater, unter dem Namen Hugo Salzmann im Geburtenregister der Stadt Bad Kreuznach eingetragen. Das Foto, von der Straße oder vom Hof aus aufgenommen, zeigt seine Eltern auf der Holzveranda ihrer Wohnung, In der Beinde 22, erster Stock, links Hugo, rechts Juliana, die sich auf die Brüstung lehnt, hinter ihren Köpfen, im schwarzen Rechteck der Tür, das Blattwerk einer Pflanze, unter ihnen, an der Außenseite der Veranda, ein weißgestrichener, aus schmalen Holzleisten gezimmerter Blumenkasten mit vier Geranienstöcken. Der Bildausschnitt verrät weder Wohlstand noch Armut, nur die feste, unverrückbare Ordnung der Dinge. Hugos wachsam gespannter, Julianas träumerischer Blick lassen an nahes Glück denken. Zwei junge Menschen, in Erwartung eines dritten, der in geregelten und harmonischen Verhältnissen aufwachsen soll.

Aber zur gleichen Zeit, ein paar Tage früher oder wenig später, entkam Salzmann einem Anschlag, mit dem die Nazis sich seiner für immer entledigen wollten, mittels eines nächtens über die Fahrbahn gespannten Stahlseils, kurz bevor er auf seiner Triumph 200 die Stelle passieren würde, der Zufall wollte es, daß sie dabei von einem beobachtet wurden, der ihn rechtzeitig warnen konnte. Und ebenfalls um diese Zeit, Spätherbst zweiunddreißig, kaufte er einem Hausierer eine Pistole ab, nicht um für weitere Mordanschläge gerüstet zu sein, sondern weil ihm schwante, was passieren würde, wenn Hitler an die Macht käme. Tyrannenmord, ehe der Ermordete noch zum Tyrannen erstünde, denn danach wäre keine Gelegenheit mehr. Er vertraute seine Absicht einem Genossen der Landesleitung Hessen an, der ihn beschwichtigte, gerade erst, bei den vorgezogenen Reichstagswahlen Anfang November, hatte die KPD tüchtig zugelegt und die Nazipartei gegenüber Juli zwei Millionen Wähler verloren.

Die bröckeln, Hugo, und denkst du, die sechs Millionen, die für uns sind, gehen im Ernstfall nicht auf die Straße. Der Hitler wird gegen uns nicht ankönnen, glaub mir. Aber wenn du das wirklich machst, was du vorhast, bist du geliefert. Und wir dazu.

Angenommen, der Mann befürchtete, der starrköpfige Salzmann werde sich von seinem Vorhaben trotzdem nicht abhalten lassen, und gab den Behörden einen Wink, das würde erklären, weshalb die Polizei in der Beinde völlig überraschend eine Hausdurchsuchung vornahm. Das Amtsgericht Bad Kreuznach verurteilte Hugo Salzmann wegen illegalen Waffenbesitzes zu drei Monaten Haft, die ihm im Zuge des Straffreiheitsgesetzes vom 20. Dezember 1932 allerdings erlassen wurden. Er blieb auf freiem Fuß.

Es war das Ehepaar Baruch, das ihn rettete. Und als erster Heinrich Kreuz, sein sozialdemokratischer Arbeitskollege, weil er mutig genug war, Salzmann bei sich zu Hause, in der Nachbargemeinde Planig, zu verstecken. In der Nacht auf den 28. Februar 1933 war in Berlin das Reichstagsgebäude in Flammen aufgegangen, was die regierenden Nationalsozialisten zum Anlaß nahmen, mit einer Notverordnung die Grundrechte außer Kraft zu setzen. Ihre Maßnahmen richteten sich in erster Linie gegen die Kommunistische Partei, die sie für die Brandschatzung verantwortlich machten. Sofort wurden ihre Zeitungen verboten, ihre Lokale geschlossen und ihre Funktionäre in Schutzhaft, wie es hieß, genommen. Auch in Bad Kreuznach verhaftete die Polizei, verstärkt durch Formationen der SA und des Stahlhelm, alle führenden Kommunisten, dazu noch drei einfache Parteimitglieder, »wegen Ruhestörung und Singen von KPD-Liedern mit aufreizendem Inhalt«, wie tags darauf im ›Anzeiger‹ zu lesen war. Wahrscheinlich verließ Salzmann noch in der Brandnacht die Wohnung, in der Gewißheit, andernfalls festgenommen zu werden, und nachdem er zur Einsicht gekommen war, daß seine Frau und der kleine Hugo vorläufig nichts zu befürchten hatten, weniger jedenfalls, als wenn sie zusammenblieben.

Keine Angst, sagte er zu Juliana, es wird sich alles einrenken. Ich find schon einen Weg, dir eine Nachricht zukommen zu lassen. Laß dich von denen nicht einschüchtern.

In Planig oder auf dem Weg dorthin muß er von jemandem erkannt worden sein, obwohl er sich, passend zum Fastnachttrubel, als Schornsteinfeger verkleidet und Ruß ins Gesicht geschmiert hatte. Oder man fand am Ortseingang, hinter einer Planke, sein Motorrad. Der SA-Mann Christian Kappel aus Roxheim, vorbestraft wegen

Bandendiebstahl und für seine Brutalität gefürchtet, war jedenfalls überzeugt davon, daß Salzmann sich in dem Arbeiter- und Bauerndorf verkrochen hatte. In einem Stall, in einem Schuppen, hinter einem Weinfaß, auf einem Speicher oder im Taubenschlag eines heimlichen Sympathisanten. Daß ihn einer ins Haus gelassen hatte, in die Wohnräume, konnte sich Kappel kaum vorstellen. Mitgehangen, wer wollte das schon riskieren. Er ließ die Zufahrtsstraßen sperren, setzte sich dann an die Spitze der Suchkolonne, die langsam durch die Gassen zog, mit scharfem Blick die niedrigen Häuserfronten abtastete, den einen und anderen Hof durchkämmte. Ein Satz von ihm, auf Hugo Salzmann gemünzt, war diesem lange zuvor zugetragen worden: Für den ist die Kugel schon gegossen. Dabei hatte Kappel mit der Hand auf seine Revolvertasche geklatscht.

Salzmann stand oder hockte in der Mansarde der Familie Kreuz, im Winkel neben der Dachschräge, und kämpfte gegen das Verlangen an, einen Blick aus dem Fenster zu werfen. Für den Bruchteil einer Sekunde, nur um zu sehen, wo sie gerade hielten. Wie viele von ihnen. Ob sie schon an der Haustür waren oder gegenüber. Hundegebell und Pferdegetrappel, von der berittenen SA, das besonders unheilvoll tönte. Sich nicht zu rühren erschien ihm wie Verrat. Schmerzhaft auch die Angst der alten Frau, Heinrichs Schwiegermutter, die stöhnte, o Gott, o Gott, wenn man Sie hier findet, ist alles aus. Für ihre Tochter, ihren Enkel, ihren Schwiegersohn. Für sie.

Und wäre doch nie auf den Gedanken gekommen, ihn auszuliefern.

In Berlin, vor dem Volksgerichtshof, auf die Woche genau zehn Jahre später, durchzuckte ihn die Erinnerung an diese Frau, von der er nicht einmal den Namen behalten hatte. Zäh und klein war sie gewesen, die geflochtenen Haare hatte sie kreisförmig auf dem Kopf festgesteckt, die fleckigen Hände im Schoß ineinandergekrampft, gegen die grobe graue Schürze gepreßt, damit sie nicht zitterten. Er wünschte, sie lebte noch, samt ihrer Familie. Er gelobte – nun schon im Zuchthaus Butzbach, September vierundvierzig, während er im Hof seine Runden drehte –, noch einmal, wenn alles vorbei war, nach Planig zu fahren, wie an jenem eiskalten Abend im Dezember zweiunddreißig, als die Ortsgruppe der SPD den hessischen Landtagsabgeordneten und Gewerkschaftsführer Wilhelm Leuschner als Referenten gewonnen und ihn, Salzmann, eingeladen hatte, namens der KPD an der Diskussion teilzunehmen. Er war hingefahren, fünfzehn Genossen hatten ihn auf ihren Fahrrädern begleitet. Leuschner war gekommen, erinnerte er sich. Beifall hatte ihn empfangen. Kaum hatte er am Vorstandstisch Platz genommen, wurde ihm zugeflüstert, daß auch Kommunisten anwesend seien. Leuschner blickte auf, ein wenig verdrossen. In seiner Rede wandte er sich gegen die Einheitsfront mit Kommunisten. Kampf gegen Hitler, aber nicht mit denen, die uns mehr noch als ihm an den Kragen wollen. Damals hatte Salzmann, in der Debatte, auf den

Ernst der Lage hingewiesen. Kollege Leuschner, wenn wir nicht gemeinsam gegen die faschistische Gefahr kämpfen, dann kann es sein, daß wir beide, du und ich, an Hitlers Strick aufgehängt werden. Er wußte nicht mehr, was Leuschner erwidert hatte. Ihm fielen die eigenen Worte nur deshalb ein, weil er gerade jetzt, während des Hofgangs, ein paar Namen zugeflüstert bekommen hatte. Stauffenberg, Goerdeler, Leber, Witzleben. Und Leuschner. Einer aus dem Kreis der Attentäter vom 20. Juli, dessen Hinrichtung, hörte er sagen, unmittelbar bevorstehe. Schade, daß er ihm gegenüber recht behalten hatte.

Aus Juliana war nichts rauszubringen. Als sie frühmorgens bei ihr aufgetaucht waren – die drei Zimmer waren schnell durchsucht und verwüstet –, hatte sie wahrheitsgemäß ausgesagt, daß sie nicht wisse, wo ihr Mann geblieben sei. Er habe sich schon seit zwei Tagen nicht mehr zu Hause blicken lassen. Sie sagte das in einem gekonnt vorwurfsvollen Ton, wie die vernachlässigte Frau von einem, den die Männer, die jetzt bei ihr eingedrungen waren, ständig zum Zechen verleiteten.

Wenn er nicht schon fort ist und uns – sie deutete mit dem Kopf auf den kleinen Hugo, der in einer Wiege schlief – alleingelassen hat.

Sie trauten ihr nicht. Zwei SA-Männer wurden abgestellt, die Wohnung im Auge zu behalten. Und nach ein paar Tagen beauftragten sie einen Elektriker damit, an der Fassade gegenüber einen Scheinwerfer zu installieren, der die Veranda und die dahinterliegenden Zimmer die ganze

Nacht über in gleißendes Licht tauchte. Juliana hängte Decken vor die Fenster, was ihr sofort untersagt wurde. Sooft sie das Haus verließ, folgte ihr einer der beiden Wachposten wie ein Schatten.

Ungefähr zur selben Zeit wurde im Schaukasten auf der Nahebrücke, neben der Tür zum Versammlungslokal der SA, ein Plakat affichiert: 800 RM Belohnung auf den Kopf des Kommunisten Hugo Salzmann. Tot oder lebendig! Dies alles noch vor der Stadtverordnetenwahl vom 12. März 1933, bei der die KPD in Bad Kreuznach sechs Sitze gewann. Nur gab es keine mehr, die auf ihnen Platz nehmen konnten.

Unbekannt, wann Salzmann aus Planig geflohen ist, ob unmittelbar vor oder erst nach der endgültigen Machtübernahme durch die Nationalsozialisten. Er wußte ohnehin schon, daß es nur noch darum ging, den Kopf aus der Schlinge zu ziehen. Je früher, desto besser, auch für diejenigen, die wegen ihm das Leben riskierten. Heinrich Kreuz gelang es, Julius Baruch unter vier Augen zu sprechen. Oder nein, zuerst redete er mit Klara, dessen Frau. Sie verzog keine Miene.

Unter den gegebenen Umständen ist es uns eine Ehre, sagte sie. Julius wird ihn fahren, und ich werde mitkommen.

Die Brüder Baruch, Julius und der zwei Jahre jüngere Hermann, waren weit über Kreuznach hinaus bekannt. Zwei Athleten, die den Sportverein ASV 03 fast im Alleingang zur deutschen Spitzenmannschaft gemacht hatten.

Julius hatte, auf dem Höhepunkt seiner Karriere, bei der Europameisterschaft 1924 im Halbschwergewicht die Goldmedaille im Gewichtheben der Fünfkämpfer und die Silbermedaille im Ringen gewonnen, Hermann war im Leichtgewicht Europameister im Gewichtheben geworden. Während sein Bruder noch eine Weile weitermachte, zog sich Julius Ende der zwanziger Jahre vom aktiven Sport zurück, baute gemeinsam mit seiner Frau ein Taxi- und Mietwagenunternehmen auf und trainierte nebenher die Ringerriege der ASV 03. Es hieß, in seinem riesenhaften Körper stecke ein kindliches Gemüt, außerdem sei er empfänglich für zarte Gedichte. Man sah ihn bei schönem Wetter oft mit einem Buch in der Hand im Kurpark sitzen. Auf Hugo Salzmann hielt die Familie Baruch große Stücke, während das Verhältnis zu den Nazis von gegenseitiger Abneigung geprägt war. Schwer auszuhalten für diese, ein Jud, der zwei stolze Arier, wenn sie frech wurden, beim Kragen packte, mühelos in die Höhe stemmte und eine Weile zappeln ließ, bevor er sie unsanft absetzte.

Am Morgen nach dem Tag, an dem Kappel mit seinem Trupp Planig ein zweites Mal abgeriegelt und durchkämmt hatte, fuhr das Ehepaar Baruch in einem schwarzen Ford bei Familie Kreuz vor. Der Mann stieg aus, verschwand im Hauseingang und kam gleich darauf wieder zum Vorschein, mit einem Sack über der Schulter, in dem Passanten Kartoffeln oder Rüben vermutet hätten. Aber es war niemand auf der Gasse zu sehen. Baruch ließ den

Sack behutsam in den Kofferraum gleiten, schloß den Deckel, setzte sich auf den Fahrersitz und startete den Motor. Klara neben ihm legte ihre Hand auf die seine. Nur in der Art, wie er das Lenkrad gepackt hielt, spürte sie seine Anspannung.

Kurz vor Bingen hielten sie und befreiten Salzmann aus seinem Versteck. Denkbar, daß sie noch den Tag miteinander verbrachten, kunstsinnige Besucher der Basilika Sankt Martin, harmlose Ausflügler auf der Rheinpromenade, gesittete Gäste in einem gutbürgerlichen Speiselokal, in dem nach einem steckbrieflich gesuchten Kommunisten eher selten gefahndet wurde. Am späten Nachmittag kaufte Baruch am Bahnhofsschalter eine Fahrkarte III. Klasse, einmal St. Ingbert mit Umsteigen in Kaiserslautern, und steckte sie Salzmann, zusammen mit ein paar Geldscheinen, in die Jackentasche. Noch ehe der Zug einfuhr, verabschiedeten sie sich, und Salzmann verlor sich in der Menge der Wartenden, die sich zur Heimfahrt von der Arbeit auf dem Bahnsteig drängten.

Seine Warnung, Stunden zuvor, die Nazis meinten es ernst mit ihrem Judenhaß und auch sie sollten an Emigration denken, hatte sich Julius Baruch aufmerksam angehört. Er zweifelte nicht daran, daß sein Freund recht hatte. Im allgemeinen, sagte er. Aber da war die Firma; wenn sie jetzt verkauften, würden sie mit dem Erlös nicht einmal den laufenden Kredit abzahlen können. Außerdem habe er Klara, die mit ihm durch dick und dünn gehe, die Ehe mit einer Christin werde ihn schützen, ebenso sein

Ansehen als Leistungssportler, und immerhin habe er im Weltkrieg für Kaiser und Vaterland seinen Kopf hingehalten, anders als manch einer von denen, die immer nur Deutschland schreien. Und ganz hilflos sei er ja auch nicht.

Einen deutschen Europameister steckt man nicht von heute auf morgen in ein Lager.

Und ob, sagte Salzmann. Und zu Klara gewandt: Hoffentlich schaffst du es, dieses Riesenbaby zur Vernunft zu bringen. Nach einem Moment der Stille fügte er hinzu: Wenn ich euch nur vergelten kann, was ihr heute für mich getan habt.

Im Saargebiet, das seit 1920 unter französischer Verwaltung stand, lebte eine Tante von ihm, bei der er fürs erste unterkam. Wenig später folgte ihm Juliana mit dem kleinen Hugo. Möglich, daß ihr Tilla Heckmann und Käthe Daut, Salzmanns Schwestern, die als einzige seiner Familie noch in Kreuznach lebten, zur Flucht verholfen haben. Ein Koffer mit Wäsche war alles, was sie mitnehmen durfte.

Jahrelang hatten alle Parteien, die Kommunisten eingeschlossen, die Rückstellung des Gebietes an Deutschland gefordert, über die bei einer Volksbefragung entschieden werden sollte. Nach der Machtübernahme durch die NSDAP brach die Allianz an der Saar auseinander; während die dortigen Nationalsozialisten gemeinsam mit den bürgerlichen Politikern weiterhin für die Wiedervereinigung eintraten, riefen SPD und KPD dazu auf, den Status Quo beizubehalten. Aber bei der Abstimmung am 13. Jänner 1935 sprachen sich mehr als neunzig Prozent der Wähler für den Anschluß an das Deutsche Reich aus.

Familie Salzmann war schon im Juni dreiunddreißig nach Paris weitergezogen. Daß der Ausgang des Referendums trotz aller propagandistischen Bemühungen vorherzusehen war und die KPD ihre Kaderleute in Sicherheit bringen wollte, reicht als Begründung nicht aus. Denn auf einer Mitgliederliste, die offenbar für die Parteileitung erstellt wurde, findet sich der böswillige Vermerk, daß Hugo Salzmann die Heimat ohne Genehmigung der Partei verlassen habe. In Frankreich erwies sich das ganze Ausmaß ihrer Niederlage, und wie wenig sie darauf vorbereitet gewesen war. Bis auf eine geringfügige Zuwendung durch die Rote Hilfe waren Hugo und Juliana auf sich allein gestellt, kaum jemand von den Genossen, der ihnen bei der Quartiersuche, bei der Arbeitsbeschaffung, bei der Anerkennung als politische Flüchtlinge beistand.

Bald nach der Ankunft wurde Salzmann auf der Polizeipräfektur die Identitätskarte entzogen und seine Ausweisung angeordnet. Zu dritt tauchten sie unter und lebten drei Jahre lang illegal in Paris, immer gewärtig, denunziert oder bei einer Razzia aufgegriffen zu werden. Erst 1936, nach dem Sieg der Volksfront, erteilte man ihnen die Aufenthaltsbewilligung. Jacques Duclos, Abgeordneter der französischen Schwesterpartei, erklärte sich sogar bereit, die Bürgschaft für sie zu übernehmen. Aber selbst dann wich die Not nicht von ihrer Seite, und im September neununddreißig, nach Abschluß des deutsch-sowjetischen Nichtangriffspakts, wurde Salzmann sogar festgenommen und für ein paar Tage oder Wochen eingesperrt.

Vielleicht lag das Elend auch darin, daß er sich selbst nie geschont hatte und voraussetzte, daß Juliana und das Kind wie er auf die geringste Annehmlichkeit verzichteten. Das taten sie ohne Bedauern; es blieb ihnen nichts übrig, und Juliana hatte bis auf die kurze Zeit in Kreuznach immer Mangel gelitten und dies, als Dauerzustand, gar nicht so empfunden. Auch daß er selten da war. Andere Männer waren auch nie bei ihrer Frau. Sie lumpten im Wirtshaus, daheim in Stainz, während Hugo immerhin politische Arbeit leistete, tagsüber und bis spät in die Nacht in einem Büro, dessen Beschaffenheit er aus Sicherheitsgründen nicht einmal ihr mitteilte; sie wußte nur, es war eine Anlaufstelle für Genossen, Frauen wie Männer, die aus Deutschland geflohen waren oder zur illegalen Arbeit dorthin zurückkehrten und für ihren Einsatz geschult wurden. Die Flüchtlinge mußten, soweit ihre Vertrauenswürdigkeit nicht außer Zweifel stand, genau überprüft werden, denn die Gestapo bemühte sich, Spitzel einzuschleusen.

Wer weiß, ob er für diese Tätigkeit überhaupt bezahlt wurde, vermutlich genauso wenig wie in Kreuznach als Stadtverordneter, jedenfalls nicht so, daß es zum Leben reichte. Jahre später, in Gestapohaft, gab er im Verhör an,

in den ersten Monaten in Paris, bis zum Zerwürfnis, für
einen jüdischen Kaufmann gearbeitet zu haben, als Pak-
ker und Bote in dessen Konfektionsgeschäft gegen einen
Wochenlohn von hundert bis hundertdreißig Francs, eine
Schutzbehauptung vermutlich, und daß er dessen Namen
genannt hat, könnte bedeuten, daß er zu diesem Zeitpunkt
schon wußte oder davon ausgehen konnte, daß der Mann
emigriert, untergetaucht oder tot war.

Denkbar auch, daß dieser Jacques Burstein oder Bur-
ztein gar nicht sein Arbeitgeber war, sondern der von Juliana. Ihr Sohn erinnert sich, daß sie ihn manchmal, wenn
sie niemanden fand, der oder die auf ihn aufgepaßt hätte,
oder weil er schon alt und verständig genug war, sie zu
begleiten, mitgenommen hat in das herrschaftliche Haus
eines Lederhändlers. Scharfe Bilder, die er für mich sicht-
bar zu machen versucht, ein großes, in seiner Erinnerung
riesiges Vestibül, von dem eine geschwungene Holztreppe
in den ersten Stock hinaufführte, dort ein Saal, der belegt
war mit Lederballen verschiedener Größen und Farben
und erfüllt von einem Geruch, den er, sagt Hugo, heute
noch wahrzunehmen meint. Oft hasteten Kunden oder
Laufburschen mit einer Bestellung an dem Jungen vorbei, der auf der untersten Stufe saß und in der Maserung
der gebeizten Bretter Wolken, Bäume, Landschaften zu
entdecken glaubte, sich in diese Fantasiewelt versenkte
und stundenlang nicht von der Stelle rührte, weil ihn die
Mutter darum gebeten hatte, damit die Herrschaft keinen
Anlaß fand, ihn wegzuschicken, während sie den Boden

wischte, das Tuch in regelmäßigen Abständen über dem Wassereimer auswrang, den Eimer hin und wieder ausleerte, frisches Wasser nachfüllte, mit wunden, rotgescheuerten Händen, die sie später, zu Hause, eincremte, wobei er ihr zusah, diese sparsamen, selbstvergessenen Bewegungen, ehe sie den Deckel auf die Dose schraubte und ihm mit ihren Fingerspitzen über die Wangen strich, weil er danach verlangte. Zwischen Bodenwischen und Eincremen, auf dem Heimweg, wenn er vor Hunger und Durst weinte, gab sie ihm manchmal eine Münze – einen Batzi, sagte sie, Hugolein, da hast du einen Batzi, kauf uns was dafür.

Auf den wenigen Fotos aus den Jahren in Paris, aufgenommen mit der Kleinbildkamera eines Bekannten, Exilgenossen seines Vaters vermutlich, Ingenieurs, wie er später einmal aufgeschnappt hat, ist von ihrer Not nicht wirklich was zu merken. Ein Vorfrühlingstag, die ersten wärmenden Sonnenstrahlen. Ein Park, ein Kiesweg, die Familie hübsch anzusehen in ihrer Sonntagstracht, seine Mutter in weißer kurzärmeliger Bluse, die Mütze keck übers linke Ohr gezogen, der Vater in offener Jacke und mit Krawatte, vor oder neben ihnen der kleine Hugo in kurzer Hose und weißen Strümpfen, ein wenig befangen angesichts des Fotografen, und weil er, um das Bild nicht zu verwackeln, stillhalten mußte. Dabei wäre er gern losgelaufen, zum kleinen Teich mit Springbrunnen, in dem er einmal ein Schiff schwimmen lassen durfte, das ihm sein Vater aus Rinde gebaut hatte. Ein Holzsplitter diente als Mast, ein Bindfaden als Halt für das Segel, das aus einem sorgfältig zurechtgeschnittenen Stück Papier bestand, vielleicht sogar aus der ›Trait d'Union‹, der Zeitung der Roten Hilfe, die Hugo Salzmann auf einem Abziehapparat vervielfältigt hatte, die halbe Nacht hindurch, damit das Blatt vor Beginn der Frühschicht an den Fabrikstoren von Renault verteilt werden konnte, was er später, im Verhör, auch zugeben wird, die Beweislage ist erdrückkend, nur die Höhe der Auflage wird er nach unten korrigieren, es seien nie mehr als tausend Exemplare gewesen.

Die vage Erinnerung an ein Hotelzimmer mit abgestoßenen Tapeten, die Ahnung von vielen Zimmern in vielen Hotels. Die Eile, mit der die Eltern des Jungen ihre Habseligkeiten zusammenrafften, sooft sie vor einer Hausdurchsuchung gewarnt wurden. Die Flucht über Hintertreppe und Hof. Der Straßenlärm, der über sie zusammenschlug. Die Angst vor den Flics, die, in wasserdichte schwarze Capes gehüllt, lächerlich altmodische Kappen auf den Köpfen, paarweise Jagd auf Flüchtlinge machten; plötzlich ließen sie ihre Räder mitten auf die Fahrbahn fallen und stürzten auf Passanten zu. Der verlockende Geruch in den Metroschächten, nach mehr als nur nach Gummi, Eisen, Schmieröl und Schweiß. Das Rattern der Triebwagen. Das Vorbeiwischen von Lichtern. Die Panikanfälle bei Dunkelheit, die sich damals bei ihm eingenistet haben. Das Gefühl der Geborgenheit, trotz allem, wenn er an der Hand seiner Mutter durch die Markthallen ging, ehe sie ihn vorschickte, wegen ihrer mangelhaften Französischkenntnisse und weil ein Kind mit großen Augen das Herz eines Krämers zu rühren vermag, und manchmal legte der Mann, nachdem er ein Achtel Butter abgewogen hatte, tatsächlich noch ein wenig dazu. *Pour le gosse*, wie er lächelnd sagte. Oder wenn der Vater ihn hochnahm und an sich drückte, dabei Wange an Wange rieb. Das Kitzeln der Bartstoppeln auf seiner zarten Haut, der herbe Duft von schwarzem Tabak, der Anblick der Rauchkringel, die sein Vater extra für ihn gegen die Decke blies, er konnte davon nicht genug bekommen.

Woran er sich nicht erinnern kann, was er erst im nachhinein erfahren wird, das ist die Tätigkeit seines Vaters im Auftrag der Emigrationsleitung der KPD, als Verantwortlicher für den Literaturvertrieb und als unerläßlicher Techniker, wie ihn Franz Dahlem – neben Siegfried Rädel, Heinrich Rau und Philipp Daub Mitglied der Pariser Parteileitung – in seinem Rückblick auf den ›Vorabend des zweiten Weltkrieges‹ bezeichnet hat; Hugo Salzmann war nicht nur geschickt darin, Druckmaschinen zu reparieren, Sicherungen zu flicken, Koffer mit doppelten Böden auszustatten. Er übernahm den Versand der Exilzeitungen und Flugblätter, kümmerte sich auch um deren Herstellung, arbeitete im Schutzverband Deutscher Schriftsteller mit, lernte dabei den Autor Hans Marchwitza kennen, von dem er sich überreden ließ, die Arbeitsbedingungen und Lebensverhältnisse seiner Vorfahren aufzuschreiben, für nachfolgende Geschlechter, wie Marchwitza zukunftsgewiß meinte, ein Manuskript mit dem Titel ›Die Glasbläser‹, das Lore Wolf, eine Genossin und Freundin der Familie, in einem Hotelzimmer in der Rue Saint-Sébastien abgetippt hat und das für immer verlorengegangen ist, verbrannt oder zerrissen und Fetzen für Fetzen in die Kanalisation gespült, wer weiß, nur der Gedanke daran wird Hugo Salzmann in einem Gerichtssaal durch den Kopf schießen, das Bild der Freundin, wie sie mit dem Rücken zur Tür an Marchwitzas winzigem Schreibtisch sitzt, auf die Tasten hämmert, sich hin und wieder nach Hugo umdreht und ihn in der vertrauten unterfränkischen Mundart nach einem Wort fragt, das sie in seiner Handschrift nicht zu entziffern vermag.

Und ihre, Lore Wolfs, Erinnerung, der sie nach Jahrzehnten im autobiografischen Bericht ›Ein Leben ist viel zuwenig‹ literarische Gestalt geben wird, an die Gegenwart einer jungen blonden Frau, die einen Jungen von etwa drei Jahren an der Hand führte, dessen dunkle Augen traurig aus dem kleinen blassen Gesicht schauten. Der sich darüber beklagte, daß ihnen der Mann eben kein Brot geschenkt habe, an ihre beschwichtigenden Worte, an seinen trotzigen Vorwurf, wenn ich aber doch Hunger habe, warum darf ich es nicht sagen, warum weinst du dann immer, an ihre Antwort, weil das Herz mir dann so weh tut, lieber dummer Bub, an sein bekümmertes Schweigen. Oder daran, daß Juliana ihr und ihrer Tochter manchmal ein Kännchen mit Suppe vorbeibrachte, das sie sorgsam zu Fuß vom Stadtzentrum bis nach Montparnasse trug. In der einen Hand den Henkel, an der andern das größer, lebhafter gewordene Kind.

Möglich, daß es gerade durch Lores Vermittlung für einige Zeit in der Schweiz unterkam; die Frau war im Juli sechsunddreißig von der Partei nach Basel oder Zürich geschickt worden, um dort in der verbotenen Roten Hilfe mitzuarbeiten, und hatte Kontakt zu Menschen gefunden, die darauf brannten, Verfolgten helfen zu können. Jedenfalls verbrachte Hugo noch im selben und im darauffolgenden Jahr insgesamt elf Monate in der Schweiz, bei fünf Familien oder Ehepaaren, von denen er, außer einem tiefen Gefühl der Dankbarkeit, nur folgende Namen und Adressen behalten hat: Hedy und Will Herzog in Schlieren ZH, Stationsstraße 11; Martha Knobel, Erlenbach ZH, Seestraße 5; Paul Weisskopf, Pratteln bei Basel, Grüssenweg 3.

Mit Volker und Tamara Scheu dagegen, auch mit Volkers Schwester Nina stand er noch als Erwachsener in loser Verbindung, sie schrieben ihm alle heiligen Zeiten, Tamara zuletzt aus Jerusalem, wohin sie als Witwe nach dem Sechstagekrieg übersiedelt war, um ein Behandlungszentrum für Asthmakranke einzurichten, das es bis dahin in Israel nicht gegeben hatte. Volker und sie waren als praktische Ärzte in Zürich tätig gewesen, Nina hatte an der Primarschule im Gfell unterrichtet, einem Weiler bei Sternenberg, knapp dreißig Kilometer außerhalb der Stadt, in dem es außer dem Schulhaus samt Leihbücherei und Sanitätszimmer vier Bauernhäuser und eine Beiz gab.

Am Martinstag, das weiß er noch, hat Hugo mit den älteren Kindern, von ihnen großmütig geduldet, am Laternenumzug teilgenommen.

Bei Familie Scheu war er zweimal zu Gast, jeweils nur für einige Wochen, schließlich durfte die Fremdenpolizei nicht Kenntnis von seinem Aufenthalt erhalten, und auf das Ärztepaar, das aus seiner marxistischen Gesinnung kein Hehl machte, hatten die Behörden ohnehin ein Auge geworfen. Das zweite Mal war sogar seine Mutter für ein paar Tage mitgekommen, und rückblickend fällt es ihm schwer zu verstehen, wieso sein Vater nicht alles darangesetzt hat, damit die beiden in der Schweiz bleiben konnten. Was ihm und vor allem ihr erspart geblieben wäre! Aber vielleicht gab es dieses Bemühen ja, und alle Anstrengung war umsonst.

In ihrem ersten erhalten gebliebenen Brief, vom Oktober 1948, schrieb Tamara Scheu dem »lieben großen Klein-Hugo«, daß einige seiner damaligen Äußerungen in der Familie immer noch im Schwange seien. »So z.B. einmal, als ich Dir Gemüse vorlegte (Du liebtest Gemüse nicht), erklärtest Du mir: ›Das soll Hitler essen!‹ Ein anderes Mal fragte man Dich, wie Dein Vater aussehe. Du antwortest: ›Ich höre nichts!‹, die Ohren mit beiden Händchen zuhaltend. Einmal verteilte ich den Kindern (Tuzzi, Heiner und Dir) Bananen; Du wolltest gerne mehr. Ich sagte: ›Allen gleich viel!‹ Da batest Du: ›Bitte, bitte Mademoiselle!‹ (Wahrscheinlich eine Reminiszenz aus dem Französischen.) Volker fragte Dich: ›Was heißt denn Mademoiselle?‹ Du: ›Das heißt: schöne Madame!‹ Es war so komisch, und wir lachten so, daß Du als Belohnung noch eine Banane erhieltest. Das Schönste aber war, wie Du mit Deiner lieben Mutter vor Ausbruch des Krieges bei Nina in Sternenberg warst; es war Herbst und kühl, die Wälder auf den Bergen und in den Schluchten glühten in allen Farben, Du standest am Fenster und schautest lange hinaus, und plötzlich sagtest Du mit beinahe andächtiger Stimme: ›Ist das ein schönes Land!‹«

Zurück ins andere Land, in dessen Hauptstadt, und zwar zwei Jahre vor Kriegsausbruch, den Tamara Scheu mit Hugos letztem Aufenthalt bei der Familie in Verbindung gebracht hat. In seiner Abwesenheit hatten die Eltern endlich eine feste Bleibe gefunden, draußen in der Vorstadt, in Montreuil, in einer abgewohnten Mietskaserne der Avenue Pasteur, über die eine Concierge wachte, eine resolute Frau unbestimmten Alters und wankelmütiger Stimmung, die dem Jungen abwechselnd Furcht und Vertrauen einflößte. Im Haus, das mit Emigranten, vor allem aus Spanien, Italien, auch Portugal, überbelegt war, wand sich eine schmale Stiege hinauf in den dritten Stock, auf dem ein offener Gang um den finsteren Innenhof lief. Von ihm ging die Tür zur Kammer ab, in der sie schliefen, zu dritt auf einem eisernen Gestell, das sich tagsüber hochklappen und mit einem Haken an der Wand festmachen ließ. An der gegenüberliegenden Wand ein Tisch, zwei Stühle. Vielleicht ein zerschrammter Schrank, vielleicht auch nur eine durchs Zimmer gespannte Schnur, die als Kleiderablage diente. Neben der Kammer, hinter einem Vorhang, die winzige Küche, Koje eigentlich, in der ein Elektrokocher Platz fand. Wanzen, die sich nachts über die Schlafenden hermachten. Sein Vater nahm ein Stück Zeitungspapier, zündete es an und brannte das Ungeziefer von den Wänden, schichtweise von unten nach oben.

Aber das hat nichts geholfen. Am nächsten Tag war wieder welches da, und ich war schon ganz zerbissen, aufgekratzt, es war entsetzlich.

Entsetzlich wie der Abtritt, in einem Verschlag neben dem Gang, ein Loch im Boden, das die meiste Zeit verstopft war. Dann stand die Scheiße knöcheltief, und mehr als einmal rutschte Hugo aus und fiel der Länge nach hin. Er zitterte vor Kälte, während ihn die Mutter unter der Wasserpumpe im Hof säuberte.

Der Hunger war nicht loszukriegen. Wenn er unerträglich wurde, machte es Hugo den Straßensängern nach, deren Repertoire er sich durch geduldiges Zuhören angeeignet hatte. Er schmetterte auf der Straße oder in einem Hinterhof Lieder über Frühlingskirschen, Liebeskummer und die Brücke von Avignon, bevor er eilig die paar Münzen zusammenklaubte, eingewickelt in Zeitungspapier, die ihm Hausbewohner aufs Pflaster geworfen hatten. Oft gingen Vater und Sohn abends auch hinunter auf die Straße und stierten in den Mülleimern. Juliana schabte den Schmutz vom harten Brot, das sie dort gefunden hatten, schnitt es in Scheiben, behutsam, damit es nicht zerbröselte, träufelte Öl darauf, bestreute die Scheiben mit kleingehacktem Knoblauch und erhitzte sie auf der Herdplatte. Kleines Glück, das Hugo noch heute zu erschnuppern meint.

An Sonntagen wurden sie von Familie Bernard zum Essen eingeladen. Anna Bernard, die ledig Assmann geheißen hatte, ihr Bruder Philipp und Hugos Vater kannten sich von kleinauf, aus Kreuznach. Dort hatte Anna 1920 einen französischen Besatzungssoldaten geheiratet und war mit ihm nach Paris übersiedelt. Im Vorort Villejuif bewohnten die beiden mit ihren vier Töchtern ein Häuschen mit Garten, in dem Anna Bernard Gemüse anbaute. Roger Bernard arbeitete als Fensterputzer, eine Tätigkeit, die er mit Stolz, Eifer und Klassenbewußtsein ausübte. Fragt sich, wie er von Salzmanns Anwesenheit in Paris erfahren hat, durch die Korrespondenz seiner Frau mit den Schwiegereltern in Bad Kreuznach vermutlich, die Anna auch verschlüsselt mitgeteilt haben werden, daß ihr Bruder wegen seiner antinazistischen Gesinnung in ein Konzentrationslager verbracht worden sei.

Eines Tages im Jahr 1935 war Roger plötzlich vor Hugo Salzmann gestanden, im Büro, das als Anlaufstelle für deutsche Widerstandskämpfer diente. Er hatte ihn umarmt, nach dem Befinden von Frau und Kind gefragt und alle zusammen für den nächsten Sonntag nach Villejuif eingeladen. Dort erfuhr Salzmann Neuigkeiten aus Kreuznach, auch solche, die eigentlich streng geheim waren, aber in der Stadt die Runde machten. Zum Beispiel, daß just der grimmige SA-Mann Kappel Schwierigkeiten mit den eigenen Leuten bekommen habe, weil ihm aus Paris antifaschistische Zeitungen (›Die Tribüne‹, ›Die Rote Fahne‹) samt einem Schreiben, in dem man für die »illegale Spende« gedankt habe, zugeschickt worden seien; die Briefsendung sei von der Gestapo abgefangen worden, Kappel in Beweisnot geraten. Das gleiche sei dem ehemaligen Kommunisten Karl Umbs, der nach dem Umbruch 1933 flugs der NSDAP beigetreten war, widerfahren. Es werde gemunkelt, daß er, Salzmann, hinter dieser Aktion stecke, schließlich sei er der einzige ortsbekannte Kommunist, der nach Frankreich geflüchtet sei. Hugo Salzmann ließ damals, und auch später wieder, nach der Befreiung, offen, ob er sich diese Streiche ausgedacht und sie auch durchgeführt hatte. Vor dem Volksgerichtshof Berlin stritt er alles ab. Und im Verhör durch die Gestapo Koblenz, daß er in Paris mit Philipp Assmann zusammengekommen sei. Aber so war es: Einige Zeit nach dem Wiedersehen mit den Bernards klopfte es an der Tür des Emigrantenbüros, er öffnete, herein kam der großgewachsene Assmann. Roger hatte ihn mitgebracht, nun standen die Kreuznacher Jugendfreunde einander gegenüber, zu beider Überraschung. Umarmung, Freudentränen, dann schob Hugo den andern zurück in den Flur.

Vorsicht, Philipp. Hier nichts erzählen. Keine Namen. Ich komm zu euch nach Villejuif.

Kein Emigrant, der zur illegalen Arbeit nach Deutschland zurückkehrte, kein Besucher von dort, kein Verwandter eines Emigranten durfte das Büro betreten. Die Vorschrift wurde streng gehandhabt, und es war schon ein schlimmer Verstoß gewesen, daß man Bernard den Zugang ermöglicht hatte.

Philipps unerwartete Gegenwart war schnell erklärt: Man hatte ihn aus dem KZ entlassen, und die Sehnsucht nach der Schwester und ihrer Familie trieb ihn dazu, um einen Paß und die Reisebewilligung nach Frankreich anzusuchen. Beides wurde ihm umgehend ausgestellt, was ihn mißtrauisch hätte stimmen sollen, und tatsächlich sah er sich während der Fahrt nach unerwünschten Reisebegleitern um, konnte aber nichts Verdächtiges erkennen. Nach seiner Rückkehr stellte sich heraus, daß die Gestapo über Assmanns Begegnungen in Paris bestens Bescheid wußte. Nur das Zusammentreffen mit Salzmann konnten ihm die Männer nicht nachweisen, und er war selbst unter der Folter zu keinem Geständnis zu bewegen.

Zu Ostern achtunddreißig, fünf Monate vor der Ausbürgerung der Familie aus dem Deutschen Reich, wurde Hugo eingeschult. Das Lernen fiel ihm nicht schwer, zu Weihnachten – und auch im Jahr darauf – erhielt er als einziger Schüler seiner Klasse für Fleiß und gutes Betragen eine Medaille. Von Kindern und Erwachsenen dicht gefüllte Stuhlreihen, auf der Bühne der Direktor, feierliche Musik, langmächtige Ansprachen, schlotternd vor Aufregung nahm er die Auszeichnung in Empfang. Davor oder danach das Malheur im Klassenzimmer, einem langgestreckten Raum, der zum Pult hin abfiel, unten die

Lehrerin, in der letzten oder vorletzten Reihe Hugo, der dringend aufs Klo mußte, deshalb aufzeigte, immer verzweifelter, weil die Frau ihn nicht beachtete, bis er den Drang nicht mehr beherrschen konnte. Warmes Rinnsal, das sich unter den Bänken und Tischen nach vorne schlängelte. Wachsende Unruhe, Gelächter, Spott. Und das Gekeife der Lehrerin.

Boche. Mit diesem Schimpfwort mußte er leben. Auch damit, daß er sich, von den Kindern der Bernards abgesehen, keine Spielkameraden fand. Einmal, in einer Kastanienallee, fielen Schüler aus einer höheren Klasse über ihn her. Sie stießen ihn gegen einen Baumstamm, dann schlugen sie ihm ins Gesicht. Daß er sich nicht wehrte, machte die Sache nicht besser. Heulend, mit einem blutenden Ohr, Schürfwunden an Wange und Knie tappte er in der Avenue Pasteur die Stufen hinauf. Die Mutter verarztete ihn, so gut es ging, nahm ihn an der Hand und lief mit ihm in die Schule. Am nächsten Tag mußte er den Direktor auf einem Rundgang durch die Klassen begleiten, die Täter auszuforschen.

Anfang dreiunddreißig hatte Juliana dem Vater und den Schwestern in Stainz ein Lebenszeichen zukommen lassen, vielleicht auf einer Ansichtskarte aus Bad Kreuznach, auf der sie ihnen nicht mehr mitteilte, als daß sie geheiratet habe und Mutter eines Buben geworden sei. Im Trubel der Ereignisse fühlte sie sich außerstande, sich den Angehörigen anzuvertrauen, auch könnte sie Fragen nach dem religiösen Bekenntnis und der politischen Einstellung ihres Ehemannes gescheut haben. Später hatten sie die überstürzte Flucht und der unstete Aufenthalt daran gehindert, mit ihnen in Kontakt zu treten. Erst am 26. November 1938 wagte sie es, Ernestine einen Brief zu schreiben, ermutigt durch einen Traum, in dem ihr die Schwester erschienen war, unsicher, ob sie dieser Brief überhaupt erreichen würde, und zur Sicherheit mit einer Deckadresse versehen. In ihm berichtete sie, daß »wir nun schon einen Buben von 6 Jahren haben. Er ist ein großer, feiner sauberer Sohn. Hugo geht jetzt in die Schule und spricht ausgezeichnet französisch und deutsch. So fragt er mich oft nach meiner Heimat, ich erzähle ihm dann, wie es dort aussieht, und er wünscht sich's dann, einmal dorthin zu kommen.« Ernestine muß postwendend geantwortet haben, denn Julianas zweiter Brief aus Montreuil ist mit 5.12.1938 datiert.

Lieber Vater, Tinnerl und Mann,
Deinen lieben Brief haben wir mit Freude erhalten und danken Dir, liebe Tinnerl, herzlichst. Du hattest mir viel geschrieben, und so werde ich Euch auch viel antworten. Mit dem Bildchen habe ich große Freude und daß Ihr alle, besonders Vater noch so wohlauf seid, hat mich am meisten gefreut. Du liebe Tinnerl und auch Vater habt Euch fast nicht verändert. Deinem Mann Peter sieht man es an, daß er ein lieber Mensch ist. Liebe Schwester und Schwager, nehmt von uns dreien die besten Wünsche zu Eurem Eheleben entgegen. Ja

Tinnerl, Du willst wissen, was ich von Dir geträumt hab, ich habe Dich und Frau Kollmann gesehn und Du hattest ein reizendes 2jähriges Töchterchen an der Hand. Ja, von Herzen wünsche ich Euch einen Sohn oder Tochter. Nur Geduld, es wird schon noch etwas ankommen.

Nannerl ist ein hübsches Mädl und sag ihr, sie soll sich nicht überstürzen. Sie hat ja noch Zeit, bis sie einen Menschen findet, der es ehrlich mit ihr meint. Heute sind zwar solche Menschen dünn gesät, aber trotzdem findet man noch welche. So, jetzt will ich Euch einmal von mir, vielmehr von uns erzählen.

Du weißt, daß ich mich 1932 verheiratet habe. Wir hatten dort eine schöne 3-Zimmerwohnung mit Küche. Es fehlte uns gar nichts, alles, Möbel, genug Wäsche, Geschirr hatten wir, Hugo hatte immer Arbeit, verdiente genug, um anständig leben zu können. Alles das war einmal und ist vorbei. Du wirst Dich vielleicht noch erinnern können, als ich Euch 1933 schrieb, da fing für uns, und mit uns noch Millionen andere Menschen, ein schweres Leben an. Wir haben zwar nicht das Pech, als Juden oder Halbjuden zu gelten. Nein, mein Mann ist reiner Arier, nach der Auffassung des heutigen Deutschlands. Aber wir sind eben auch in Paris gelandet. Trotz Arier. Ja, liebe Schwester, zu schreiben wie wir hieher kamen, das kann ich nicht, das erzähl ich Euch alles später einmal. Wenn wir uns wiedersehn? Liebe Tinnerl, Du fragst, ob es uns gut geht? Das muß ich mit nein beantworten. Wir haben jetzt fünf Jahre größter Entbehrungen hinter uns, ein Leben ohne Arbeit und Rechte. So eine Zeit, das könnt Ihr Euch gar nicht vorstellen. Und trotzdem haben wir Mut und sind überzeugt, daß wir es wieder einmal so bekommen wie früher. Natürlich haben wir unsere ganze Wohnung, Wäsche, Geschirr, also alles was wir hatten verloren. Unser Kleiner war damals 6 Monate alt, als er fort mußte. Ja, es waren Zeiten, die man nie vergessen kann.

Aber Hugo ist ein lieber und anständiger Mann, wir verstehn uns sehr gut und ich gehe, wohin es auch nur ist, mit ihm.

Siehst Du liebe Tinnerl so ist das Leben. Hier in Frankreich ist es für Ausländer auch schlimm, denn trotzdem wo Hugo einen guten Beruf hat, darf er nicht arbeiten.

Jetzt möchte ich Euch etwas fragen und ich hoffe, daß Ihr mir darin bald Antwort gebt, ob ja oder nein. Wir bräuchten notwendig eine Hilfe, und wenn es geht, daß Ihr uns manchmal 10 Rm. schicken könntet, wäre ich Euch dankbar. Wir könnten es auch bei späteren Verhältnissen zurückgeben. Wenn einer von Euch einen Paß hat, so könntet Ihr mir als Eure Schwester 10 Rm. zukommen lassen.

Liebe Tinnerl, ich möchte aber nicht gern, wenn Luise oder Lisa wieder über mich urteilen, denn Ihr alle könnt vielleicht unser Leben von heute nicht verstehn.

Das was ich verlange ist auch weniger für Hugo und mich, sondern für unseren kleinen Hugo, damit er bißchen besser essen könnte.

Das wäre für heute alles und schreibt mir bald.

Mit den innigsten Grüßen an Vater, Dich liebe Schwester, Deinen Mann, Nannerl sowie an alle anderen Geschwister verbleibe ich Eure Juliana.

Es grüßt Euch herzlichst Hugo.

Besonders viele Küßchen vom kl. HUGO.

Keine Ahnung, ob ihr die Geschwister mehr als zweimal Geld angewiesen haben. Ernestine gab sicher alles, was sie erübrigen konnte. Aber einen Reisepaß, wie für eine Auslandsüberweisung erforderlich, besaßen außer ihr vermutlich nur Lisa, Luis und Luise, und alle drei stehen im Verdacht, sich vor regelmäßigen Zuwendungen gedrückt zu haben. Lisa, die Älteste, weil sie sich als Anstandsdame der malenden Gräfin Elisabeth Jordis von Attems für was Besseres hielt und an Juliana immer schon herumgenörgelt hatte. Luis, weil er vom Schlossergehilfen zum Zollsekretär aufgestiegen war und befürchten mußte, daß es ihm in Stellung und Ansehen schaden würde, wenn er Staatsfeinden finanzielle Unterstützung gewährte. Und gegen die Vermutung, daß Luise sich ihrer Schwester erbarmt habe, spricht die Eile, mit der sie gleich nach der Annexion Österreichs die Scheidung von ihrem jüdischen Ehemann betrieben hatte.

Dabei wäre Juliana wegen des Kindes jeder Groschen

willkommen gewesen. Hugo hatte Anämie, Hungeraus-
schläge, Löcher in den Beinen. Er war von Spulwürmern
befallen, und manchmal zog ihm die Mutter einen Band-
wurm raus, der zehn oder fünfzehn Zentimeter lang war.
Daß da kein Arzt war, ob Franzose oder Flüchtling, der
regelmäßig nach ihm gesehen hätte. Und das Ehepaar
Scheu weit weg im schönen Land, das sich hinter dem
Nebel aus Entbehrung verbarg.

Am 31. August 1939, um Mitternacht, trat die General-
mobilmachung in Kraft. Noch in derselben Nacht wurden
die ersten Emigranten verhaftet. Lore Wolf nennt Philipp
Daub, den Österreicher Bruno Frei, Hugo Salzmann.
Das ist für die nächsten neun Jahre Hugos letzte Erinnerung an den Vater: Wie er durch Schläge gegen die Tür
geweckt wird, wie von draußen der Ruf zu hören ist:
Ouvrez! Police!, wie sein Vater in die Hose fährt, aufma-
chen geht, von zwei stämmigen Männern nach seinem Namen gefragt, dann zum Mitkommen aufgefordert wird.
Sicher hat er Juliana noch umarmt. Aber daran vermag
sich Hugo nicht zu erinnern. Er weiß noch, er liegt nur
mit einem Hemd bekleidet im Bett, und sein Vater beugt
sich über ihn und drückt ihm zum Abschied einen Kuß
auf den nackten Hintern.

Die meisten deutschen Emigranten – ausgenommen
Frauen mit Kindern unter vierzehn – wurden erst in den
nächsten Tagen verhaftet. Oder sie folgten freiwillig der
Aufforderung an Plakaten, sich sofort zu melden. »Wir
beschlossen«, schrieb Lore Wolf, »uns keinesfalls frei-

willig auszuliefern. Einen Tag lang stand ich von früh acht Uhr bis abends zum Dunkelwerden hinter einer Litfaßsäule von Montrouge und sah zu, wie sich mancher von uns trotzdem stellte. Was in dieser Situation richtig war, war damals vielleicht nicht genau zu sagen, die Zeit würde es beweisen. Ich war der Meinung, daß man sich auf keinen Fall ausliefern dürfte, und Tränen liefen mir übers Gesicht, als ich manchen mit Rucksack und Koffer zum Stellplatz laufen sah.«

Auch Hugo Salzmann hatte seinen Koffer mitgenommen. Vielleicht gelang es ihm, Juliana zu benachrichtigen, ob sie ihm eine Decke ins Tennisstadion Roland Garros nachbringen könnte. Die Nächte waren kalt trotz der Jahreszeit, nach einem Regenguß tropfte das Wasser auf das Stroh unter den Sitzgerüsten der Arena, und da half es auch nichts, daß Hugo den anderen Internierten zeigte, wie man den Schlafplatz mit Brettern gegen die Bodennässe sichert. Eines Tages erfuhr Juliana, daß fast alle Festgenommenen mit unbekanntem Ziel abtransportiert worden waren, nach einigen Wochen erreichte sie die Meldung, daß sich ihr Mann im Camp Vernet d'Ariège befand. Von den Zuständen dort machte sie sich keine rechte Vorstellung, schlimmer als ihnen würde es ihm auch nicht ergehen, dachte sie, aber dann sickerten Einzelheiten durch, aus Berichten geflohener Spanienkämpfer, die schon vorher in diesem Barackenlager im flachen Pyrenäenvorland interniert gewesen waren, Schikanen der *Garde mobile,* beißende Kälte, verdorbenes Essen, Ratten, die erlegt und in Konservenbüchsen gekocht wurden. Dazu der Argwohn unter den Gefangenen, ihre Rivalitäten, die Auseinandersetzungen zwischen den Kommunisten auf Parteilinie und den anderen, die das Abkommen zwischen Hitler und Stalin nicht akzeptieren wollten.

Die Frauen in Paris taten sich zusammen und strickten Strümpfe, die vom Verteidigungsministerium für das Militär angekauft wurden. Für jedes Paar Socken, heißt es bei Lore Wolf, erhielten sie zwölf Francs. Davon kauften sie Lebertran, Zwieback, Dauerwurst und getrocknete Orangenschalen, verwendeten das Geld, das sie durch Sammelaktionen französischer Genossen zusammenbrachten, für den Ankauf von Wolle, mit der sie Jacken und Pullover strickten. Die Pakete wurden in der Regel den Gefangenen ausgehändigt, die ihnen mit Briefen dankten, denen sie Zeichnungen, selbstgebastelte Geschenke beilegten. Anzunehmen, aber nicht erwiesen, daß Hugo Salzmann für seine Familie das eine oder andere Mal aus Knochen einen Ring, eine Tulpe oder eine Katze, ein Kamel, eine Schwalbe schnitzte, nutzlose Gegenstände eigentlich, die im Lager gleichwohl begehrt waren, er konnte sie gegen ein paar Zigaretten oder einen Kanten Brot eintauschen. An einem Traumprotokoll des Schriftstellers Rudolf Leonhard, der mit ihm in Le Vernet eingesperrt war, erweist sich, wie sehr Salzmanns kunstgewerbliche Arbeiten geschätzt wurden.

Inzwischen war die Deutsche Wehrmacht über Polen hergefallen, hatte im Mai 1940 die Niederlande, Belgien

und Luxemburg überrannt und war dabei, gegenüber
Frankreich jenen unentschiedenen Zustand zu beenden,
der als *drôle de guerre* in die Geschichte eingegangen ist.
Kein Friede mehr, noch kein offener Krieg. Aber dann,
in den ersten Junitagen, fielen Bomben auf Paris. Monate
zuvor, als sein Vater noch bei ihnen gewesen war, hatte
Hugo über die Fesselballons im Himmel über der Stadt
gestaunt. Sie waren zu dritt am Fenster gestanden, und
der Vater hatte ihm erklärt, daß sie die Bevölkerung vor
Hitlers Flugzeugen schützten, weil die Piloten durch die
vielen Ballons die Orientierung verlieren würden. Nun,
mitten in der Nacht, war der Krieg angekommen, Sirenen
heulten, das Licht ging aus, und Juliana hastete mit ihm
die enge Stiege hinunter, vorsichtig trotz Eile und Gedränge, um nicht auf den schiefen, abgetretenen Stufen zu
stolpern, einmal zündete sie ein Streichholz an, das gleich
wieder erlosch. Dann hockten sie mit den anderen Haus-
bewohnern im Keller, hörten es draußen knattern und
krachen, und Hugo wußte nicht, ob er die Arme um den
Hals der Mutter schlingen oder sich besser die Ohren
zuhalten sollte. Am nächsten Morgen kam ihm die Stadt
unverändert vor; einmal hat er wo eine Hausruine gesehen, aber in ihrer Straße waren keine Schäden zu besich-
tigen.

Am 14. Juni marschierten deutsche Truppen in Paris
ein. Daran kann sich Hugo nicht erinnern. Genausowe-
nig wie an Julianas gescheiterte Flucht mit ihm und mit
Hannelore, Lore Wolfs dreizehnjähriger Tochter. Drei

oder vier Monate zuvor hatte sich Lore vom Jüdischen Komitee als Hilfsarbeiterin in eine Munitionsfabrik in Fourchambault vermitteln lassen, weil sie nicht mehr wußte, wovon leben. Hannelore war bei einer französischen Familie im Vorort Saint-Ouen geblieben. Als die Massenflucht nach Süden einsetzte, schlug sich Lore in entgegengesetzter Richtung nach Paris durch. Zur selben Zeit trachtete Juliana, mit Hugo und Hannelore zu ihr nach Burgund zu gelangen. Auf den Straßen und Bahnlinien herrschten chaotische Zustände, sie mußten vor deutschen Tieffliegern immer wieder in ein Feld oder unter Bäume fliehen, kamen an ausgebrannten Lastwagen vorbei, sahen in Gräben Klumpen toter Kinder, Frauen, auch Soldaten liegen. Als sie hörte, daß alle Brücken über die Loire zerstört worden seien, entschied sich Juliana zur Umkehr. Kurz nach ihr und den Kindern traf auch Lore bei der Familie in Saint-Ouen ein, der sie ihre Tochter anvertraut hatte. Zwei Monate später wurde sie von der Gestapo festgenommen.

Gustav Regitz' Lebenslauf, und der seiner Frau Margot, ist nicht auf unsere Gegenwart gekommen. Plötzlich tauchen die beiden in Lores Erinnerungen auf, zu einem Zeitpunkt, da erst einmal alles verloren ist, und niemand ist mehr da, ihnen in dieser Situation ein Gesicht, eine Gestalt, eine Geschichte zu verleihen; wahrscheinlich stammte Regitz aus dem Saarland, das würde erklären, warum der Prozeß gegen ihn, zu dem Lore Wolf als Zeugin geladen war, aber am Erscheinen gehindert wurde, vor einem Saarbrückener Gericht anberaumt worden war. Ein paar Jahre nach Kriegsende, und weil die Behörden sie in Kaiserslautern aus dem Zug holten und mit fadenscheinigen Begründungen zwei Tage lang festhielten, wurde der Angeklagte mangels Beweisen freigesprochen.

Gustav Regitz, ein Kommunist im Umfeld der Pariser Parteileitung, den die Gestapo zum Verräter gemacht hat. Wie und mit welchen Versprechungen. Ob ihm die Beamten gegen die Nieren getreten oder damit gedroht haben, Margot in seinem Beisein an den Füßen aufzuhängen. Oder ob ein scharfes Wort genügt hat, kein scharfes, nur das schläfrige Raunen des Mannes hinter dem Schreibtisch.

Sie ahnten ja, daß er umgefallen war, wollten es aber nicht wahrhaben.

In den letzten Monaten vor der Mobilmachung hatte Regitz mit seiner Frau im selben Hotel wie Lore gewohnt, in der Rue de L'Ouest im XIV. Arrondissement. Dann wurde er verhaftet und in ein französisches Lager eingewiesen. Im Juni 1940, schon nach dem Einmarsch der deutschen Truppen, war er auf einmal wieder da. Getürmt oder freigelassen, er war nicht der einzige, der in die von der Wehrmacht besetzte Zone zurückgekehrt war. Lore hatte eben etwas Geld verdient und lud Regitz und seine Frau zusammen mit Juliana zu einem Festessen ein, Kartoffelsalat. Mit Hannelore und Hugo waren sie zu sechst. Als Regitz zur Tür hereinkam, fiel Lore auf, daß er ungewöhnlich gut gekleidet war. Er trug einen neuen Anzug, ein weißes Hemd, an seinen Fingern steckten mehrere Ringe. Mißtrauisch geworden, beobachtete sie genau, was er sagte und wie er sich bewegte.

»Während des Essens saß er mir gegenüber. Ich sah ihm voll ins Gesicht und fragte ihn: ›Wo hast du eigentlich den schönen Anzug her? Du kommst doch aus dem Lager?‹

›Den habe ich mir gekauft‹, erwiderte er.

Ich fragte weiter: ›Was hat er gekostet?‹

Er sagte beiläufig: ›Zweihundert Mark.‹

Ich wurde noch mißtrauischer. ›Wo hast du denn das viele Geld her?‹

Er erklärte: ›Ach, mit mir im Lager war ein Jude, der hatte noch 800 Francs. Davon gab er mir die Hälfte.‹

Selbst mein Kind hatte bemerkt, daß Regitz log. Als er sagte, der Anzug habe zweihundert Mark gekostet, stieß Hannelore unter dem Tisch kräftig an mein Schienbein, und Juliana schaute mir plötzlich mit einem wissenden Ausdruck in die Augen.«

Ihr sei ganz heiß geworden, schreibt Lore Wolf, und sie habe sich die Stirn gewischt, um den Gedanken, daß Regitz ein Gestapospitzel sein könnte, zu vertreiben. Bis zu jenem Tag, an dem die Luft blau und der Himmel über Paris wolkenlos war und die Stimmen der Händler von den Marktständen herauf in Lores Zimmer klangen. Mit wachsender Sorge wartete sie am Morgen des 30. August 1940 auf drei ehemalige Spanienkämpfer, die sich zu Fuß,

650 Kilometer weit, von Bordeaux bis Paris durchgeschlagen hatten. Gustav Regitz hatte sie in einem anderen Quartier untergebracht, sie hatten sich für zehn Uhr angesagt, und jetzt ging es auf zwölf zu. Lore bat Regitz nachzuschauen, wo die drei geblieben seien. Nach zehn Minuten kam er zurück. Hinter ihm drängten zwei Gestapomänner ins Zimmer. Sie durchwühlten es, fanden einen Pack Flugblätter, auf denen zum Widerstand gegen die deutschen Besatzungstruppen aufgerufen wurde, und führten Lore ab, zusammen mit Elly Schleicher, einer Emigrantin aus Berlin, und dem einarmigen Louis Jung, der aus dem Saarland nach Frankreich geflohen war. Nichtsahnend war er im selben Moment durch die Tür gekommen, um Lore ihre neu besohlten Schuhe zu bringen, als die Männer von der Gestapo mit den verhafteten Frauen das Zimmer verlassen wollten. Gustav Regitz und seine Frau, die sich ebenfalls bei Lore aufgehalten hatte, blieben als einzige zurück. Und Hannelore war noch in der Schule.

Unbekannt, wo sich Juliana in der Zwischenzeit aufhielt. Schwer vorstellbar, daß sie das Risiko einging, mit Hugo weiterhin in dem Haus in der Avenue Pasteur zu wohnen, ganz abgesehen davon, daß sie die Miete nicht mehr aufbringen konnte. Zuerst kamen die beiden bei den Bernards unter, wurden dann weitergereicht, ein paar Tage hier, ein Wochenende dort. Immer weniger Franzosen, die, selbst gefährdet, Verfolgte bei sich aufnahmen.

In einem Brief, der Hugo Salzmann Mitte August erreichte, deutete Juliana ihre verzweifelte Lage an. Sie teilte ihm außerdem mit, daß sie alles daransetzen werde, Hugo in die Obhut ihrer Schwester Ernestine zu geben. Diesen Ausweg hatten sie schon mehrmals erwogen und ihre Hoffnungen dabei auf Volker Scheu gesetzt. Scheu verfügte über gute Beziehungen zum Internationalen Roten Kreuz, das war ihnen bekannt. Vielleicht konnte er das Kind von Paris nach Stainz bringen lassen, ohne daß die Eltern gezwungen waren, ihr Einverständnis in einer Filiale des Deutschen Roten Kreuzes oder einer anderen Dienststelle, die mit der Staatspolizei kollaborierte, zu deponieren; hätte sich Juliana mit dieser Absicht in die Pariser Niederlassung der Hilfsorganisation begeben, wäre sie gleich festgenommen worden. Und Salzmann war diese Möglichkeit in Le Vernet ohnehin verwehrt. Auf gut Glück erteilte er Volker Scheu die Vollmacht, ihn in allen seinen Sohn betreffenden Fragen zu vertreten. Handschriftlich, auf einem karierten Blatt Papier, in der Hoffnung, daß es den Adressaten in Zürich auch erreichte.

Dann keine Nachricht mehr von Juliana. Nichts, was den Erinnerungsnebel ihres Sohnes lichtet. Nur was er viele Jahre später erfahren hat. Daß Anna Bernard festgenommen wurde. Daß Roger während der Hausdurchsuchung die Auskunft erhielt, sie werde nicht eher freikommen, als Juliana Salzmann sich nicht gestellt habe. Daß Juliana eine Gleichung aufstellte, von der sie gleich wußte, daß sie falsch war. Vier Kinder, ein Kind. Am 27. November ergab sie sich den deutschen Behörden.

Dennoch, sagt Hugo, vergingen noch drei Monate, ehe Anna Bernard entlassen wurde. Ihm fehlt der letzte Moment des Zusammenseins mit seiner Mutter; sicher wollte sie, die so sehr darunter gelitten hat, ihm keine unbeschwerte Kindheit schenken zu können, Hugo und sich selbst durch Abschiednehmen das Herz nicht noch schwerer machen. Sie ist einfach gegangen und nicht wiedergekommen.

Er war schon vorher dagewesen, auf Besuch, gemeinsam mit seiner Mutter. Von damals könnte das Foto stammen, das Juliana auf der Rückseite beschriftet hat. »Maule 1939 Weihnachten«. Hugo in kurzer Hose, an der Mauer lehnend, vor und neben ihm zwei zottelige Hunde, zwei scharrende Hühner. Hinter ihm, über seinem Kopf, die Fensterfront mit zerbrochenen Scheiben.

Als er wiederkam, war ihm alles fremd und feindlich. Die Bruchbude mit Wellblechdach, in der das Ehepaar hauste, auf gestampfter Erde, die Fensterscheiben immer noch zerbrochen und mit Zeitungspapier verklebt oder durch Pappe ersetzt, vorne ein Raum mit Kanonenofen und einem Rohr, das quer durchs Zimmer lief, dahinter ein Verschlag mit einem rostigen Bettgestell, ihm wiesen sie den Platz zu ihren Füßen zu. Madame Leclus, rothaarig, scharfzüngig, mürrisch, Monsieur Leclus, mit grauem Schnurrbart, ausgemergelt, lungenkrank. Schwindende Kräfte, da kam ihnen der Junge gerade recht.

Lernen, wie man mit einer Schlinge Hasen fängt. Hamsternester aufspüren, den Erbsenvorrat plündern, nachdem Leclus die fauchenden Tiere mit der Hacke erschlagen hat. Ein Bündel Holz auf den Rücken laden und nach Hause schleppen. Dann das Holz spalten, auf dem Pflock vor der Hütte. In der Obstplantage nebenan Pfirsiche stehlen. Auf einem Acker in der Dämmerung heimlich Kartoffeln ausgraben. Zum nächsten Bauern, zwei Kilometer entfernt, mit einer schweren Kanne Milch holen gehen. Einmal sägte Leclus einen Baum um, der auf Hugo stürzte. Der Junge verlor das Bewußtsein. Peinigende Kopfschmerzen tagelang.

Dann brach in Paris die Hungersnot aus. Eines Nachts schreckte Hugo durch Schüsse hoch. Leclus sagte, das sind Bauern, die streunende Städter vertreiben. Hunger litten sie auch in Maule. Einmal befahl ihm der Alte, in die nächste Ortschaft zu laufen, zu den Deutschen, die dort stationiert waren, und sie um Brot anzubetteln. Er gehorchte, was blieb ihm schon übrig mit seinen acht Jahren, und machte sich auf den Weg. Die Keusche lag am Rand eines Plateaus, von dem sich die Straße ins Dorf schlängelte. Dort sprach er den erstbesten Soldaten an. Der Mann schenkte ihm tatsächlich einen Laib Brot; daß der Junge deutsch sprach, weckte in ihm weder Neugier noch Argwohn. Auf dem Heimweg die steilen Serpentinen hinauf weinte Hugo, wegen der Kälte, die ihm die nackten Knie blau färbte und die Finger klamm machte.

Eines Tages, noch bevor die ersten Kirschbäume in Blüte standen, sagte Leclus zu ihm: Pack deine Sachen, wir fahren nach Paris. Ob mit dem Zug oder in einem Bus, daran kann er sich nicht erinnern. Wohl an ein mächtiges Gebäude, das wie ein Hotel aussah, darin ein Saal mit Kronleuchtern, unter denen Hunderte Menschen standen, saßen oder durcheinanderliefen, Männer, Frauen, auch Kinder. Mitten im Gewühl reichte ihm Monsieur Leclus die Hand, zum ersten und einzigen Mal, nehme ich an. *Au revoir, Hugo, et bonne chance.* Dann verschwand er in der Menge. Erstaunlich, daß ihn die Mitarbeiter der deutschen Rückwandererstelle einfach gehen ließen. Offenbar waren die beiden schon erwartet worden, und den Funktionären lag keine Weisung vor, den Mann festzuhalten. Kaum war Leclus weg, kümmerte sich ein Hitlerjunge um Hugo, ein blonder, freundlicher, der schon siebzehn, achtzehn Jahre alt gewesen sein mag. Er muß eine Vertrauensstelle innegehabt haben, denn es wurde ihm gleich Beachtung geschenkt, als er von einer Ordonnanz ein Quartier für eine Nacht verlangte, ein Doppelzimmer, das er mit seinem Schützling teilte.

Am nächsten Morgen wurde Hugo von einer deutschen Rotkreuzschwester abgeholt. Sie nahm ihm den verbeulten Koffer ab, in dem ein Zettel mit den Namen und Adressen seiner Quartiergeber klebte. »Madame et Monsieur J. Leclus Lottisement 80 Les Mesnules (Maule) Seine et Oise France. Famille Roger Bernard 9 chemin de la chapelle Villejuif Seine France.« Auf dem Weg zum Bahnhof, dessen Ausmaße ihn ebenso beeindruckten wie tags zuvor das Gedränge in der Hotelhalle, klärte ihn die

Frau über sein Reiseziel auf. Hugo konnte sich darunter nicht viel vorstellen, nur das, was er aus den Erzählungen seiner Mutter wußte. Er hatte inständig gehofft, sie endlich wiederzusehen. Er aß kaum was während der Fahrt, schwieg, starrte die meiste Zeit aus dem Fenster. Ungefähr zur selben Zeit, in der er in Paris den Zug bestiegen hatte, war aus der Berliner Rotkreuzzentrale ein Telegramm an Josef Sternad in Stainz, Badgasse 109 abgegangen: »Kind Hugo Salzmann trifft in den nächsten Tagen in Stainz ein. Wird vom Deutschen Roten Kreuz Paris am 2.4.1941 nach Straßburg gebracht. Vom D.R.K. Straßburg am 3.4.41 nach Wien weitergeleitet. Trifft in Wien-West am 3.4.41 22 Uhr 20 Minuten ein. Wird dann von einer D.R.K. Helferin nach Stainz gebracht. Der Beauftragte des D.R.K. in Frankreich.«

Juliana war gleich nach ihrer Festnahme in das Pariser Polizeigefängnis Santé eingeliefert worden. Dort begann man sie tags darauf zu verhören, möglicherweise im selben Zimmer, in dem einige Wochen zuvor Lore Wolf vernommen worden war. Dann hätte sie, wie ihre Freundin, durch das Fenster am andern Ende des Raumes einen Kastanienbaum sehen können, dessen kahle Zweige sich im Wind bewegten. Kann sein, daß sich auch ihr Blick, an den drei Gestapobeamten vorbei, die gegenüber saßen, vorbei auch an der Stenotypistin, die neben ihnen eifrig notierte, an diesen Baum heftete. Sie wollte keine Namen, keine Adressen preisgeben. Das Schwierigste war, sich von der Sehnsucht nach dem Jungen nicht überwältigen zu lassen, sooft sein Bild vor ihr auftauchte, fühlte sie, wie verletzlich sie wurde. Auch der Gedanke an ihren Mann machte ihr nicht dauerhaft Mut. Ein wenig half es, sich den Vater in seiner Schuhmacherwerkstatt vorzustellen, und Ernestine, wie sie das Laub auf der Badewiese rechte, dann in der Küche hantierte, Wasser aufsetzte, Holz nachlegte. Sie rief sich die anderen Geschwister ins Gedächtnis, die Nachbarn, den Marktplatz, den Wald, die Hügel ringsum, den Rosenkogel, auf dem sicher schon Schnee lag, wußte plötzlich nicht mehr, worauf sie antworten sollte, die Fragen kamen gedrängt, hart, wie aus der Pistole, sie gönnten ihr keine Pause. Da keine verschärfte Vernehmung angeordnet war, wurde sie nicht geschlagen. Vielleicht gaben sich die Männer bald mit dem wenigen zufrieden, das aus ihr herauszuholen war. Schließlich war sie, ihrer Einschätzung nach, nur eine Angehörige, Mitläuferin, Mutter, erkennbar ungeschult in Situationen wie dieser. Harmlos eigentlich. Das machte sie andererseits zu einer leichten Beute, dachten sie. Aber sie sagte nichts. Nichts, das ihnen nützlich geworden wäre. Nur die Sache mit dem Kind. Und daß sie bitte Anna Bernard freilassen mögen, die nichts weiter getan habe, als hin und wieder den kleinen Hugo zu betreuen, von dem Juliana hoffte, daß er leidlich gut aufgehoben war. Vielleicht ahnte sie, wo er sich gerade befand, schwieg aber aus Angst vor den Folgen, die eine Aussage für die Leclus haben könnte. Oder sie hatte sich, durch Frau Bernards Festnahme zu schnellem Handeln gezwungen, am 27. November doch in die Geschäftsstelle des Deutschen Roten Kreuzes begeben, dort das Gesuch auf Überstellung ihres Sohnes nach Stainz gestellt und anschließend auf das Eintreffen der Gestapo gewartet, im Vertrauen darauf, daß das Ehepaar Bernard nach Annas Enthaftung alles weitere veranlassen werde.

Im übrigen erging es Juliana Salzmann wie vor ihr Lore Wolf: Nach einigen Tagen wurde sie nicht mehr zum Verhör gebracht, sondern in der Zelle belassen. Dreimal täglich fiel die eiserne Klappe an der Tür, durch die ihr eine Hand eine dünne Scheibe Brot mit Marmelade und einen Napf Brühe oder Malzkaffee reichte. Sonst blieb es still, die Zellen neben ihr standen leer oder die Wände waren so dick, daß kein Laut herüberdrang. Das war am schlimmsten zu ertragen, schlimmer als die Kälte, die vom feuchten Mauerwerk ausstrahlte. Wahrscheinlich hat Juliana auch auf Lores Art dagegen angekämpft, indem sie stundenlang auf und ab gegangen und dabei leise gesungen oder vor sich hin gesprochen hat. Die Sorge um Hugo half ihr über die bittersten Stunden, am Weihnachtsabend und zu Silvester, hinweg; wäre er erst bei Ernestine gut aufgehoben, würde sich auch ihr Schicksal, und das ihres Mannes, zum Besseren wenden. Eines Abends Ende Jänner oder Anfang Februar einundvierzig teilte ihr der Gefängnisdirektor mit, daß sie am nächsten Morgen nach Deutschland transportiert werde.

Und immer noch der erzwungene Gleichklang in Lo-

res und in ihrem Leidensweg. Das Trommeln von Frauen-
händen gegen die Zellentüren, von innen, zum Abschied,
während Juliana neben dem Aufseher durch die Gänge
lief. Jetzt erst spürte sie, daß sie nicht allein gewesen war.
Der Autobus im Hof, mit laufendem Motor, in den sie
verfrachtet wurde. Drinnen saßen schon die anderen Gefangenen, die nach Deutschland überstellt wurden. Ein
paar bekannte Gesichter, grau und eingefallen, ein fast un-
merkliches Nicken. Und ein Lächeln aus einer der vorde-
ren Reihen. Es stammte von Louise Oehl, die ebenfalls
in Montreuil gewohnt hatte, seit sie 1935 zusammen mit
ihrem Mann, der Kunstmaler war, aus München geflüchtet war. Erwin Oehl hatte einmal Juliana gezeichnet, dann
ein Ölporträt von Hugo Salzmann angefertigt, Louise
hatte hin und wieder das Kind zu sich genommen, den
kleinen Kerl, wie sie Jahre später schreiben sollte, der so
lieb und zutraulich gewesen sei und an dem seine Mutter
viel, viel Freude gehabt habe. Ihre Hände berührten sich,
als Juliana an ihr vorbei nach hinten geführt wurde, auf
einen Platz in der letzten oder vorletzten Reihe, neben einen völlig erschöpften Mann, der still vor sich hin weinte,
während sie durch die unbelebten Straßen der Stadt fuhren, durch den Nebel in die aufgehende Sonne hinein,
mit jedem Kilometer wuchs die Entfernung zu Mann und
Kind. Gegen Abend erreichten sie das Gefangenenhaus
Trier, in dem Lore zwei Monate zuvor mit Mohrrüben-
gemüse und Kartoffeln verpflegt worden war, »ein Festessen nach der langen Fahrt«, dem der Magen leider zu

lange entwöhnt gewesen war, als daß er es behalten hätte. Nach zwei oder drei Tagen ging es weiter nach Koblenz. »Hier herrschten sehr schlechte Zustände«, schreibt Lore Wolf, »wir bekamen nichts als Wassersuppe und ein kleines Stückchen Brot. Kein einziges Fettauge schwamm auf der Suppe.« Anders als für sie und für Louise Oehl war in Koblenz für Juliana aufs erste Endstation.

Die sogenannte Kundt-Kommission war schon Mitte August 1940, sieben Wochen nach dem Waffenstillstandsabkommen von Compiègne, in Le Vernet aufgetaucht. Zwei Dutzend Wehrmachtsoffiziere, Gestapobeamte, Vertreter anderer deutscher Dienststellen unter Führung eines Legationsrates des Auswärtigen Amtes, die sich von der *Garde mobile* durch die Baracken führen ließen. In den Tagen davor hatten die Gefangenen auf Weisung des Lagerkommandanten ihre Quartiere reinigen dürfen, dann waren die Deutschen und Österreicher in gesonderten Kolonnen aufgestellt worden. Vor Hugo Salzmann, in den Schatten einer Baracke im Sektor B, wurde ein Tisch gerückt, an dem ein junger Offizier Platz nahm, der als erstes den Befehl erteilte: Alle Juden abtreten! Die verbliebenen Männer wurden der Reihe nach registriert und vernommen, zu ihrer Überraschung in einem höflichen, bisweilen sogar jovialen Tonfall. Ob sie nicht in ihre Heimat zurückkehren wollten. Sie hätten nichts Schlimmes zu erwarten, ein paar Wochen Umerziehung, dann Arbeit oder Kriegsdienst. Schlechter als in diesem Hungerloch, sagten sich viele, werde es ihnen in Deutschland auch nicht ergehen, und sie meldeten sich freiwillig zum Transport, noch am selben Tag oder ein paar Wochen später, als die Kommission zum zweiten Mal das Lager inspizierte.

Salzmann war vermutlich gar nicht gefragt worden, ob er sich, als Ausgebürgerter, wieder in die Volksgemeinschaft eingliedern wolle, oder er hatte das Angebot ebenso schroff zurückgewiesen wie zuvor das Ansinnen französischer Werber, sich zur Fremdenlegion zu melden. Die Deutschen kannten seine Personalakte zur Genüge, sie wußten, daß ein »Hauptfunktionär der KPD« alles daransetzen würde, sich ihrem Zugriff zu entziehen. Aber wie. Selbst wenn er es geschafft hätte, aus dem Lager zu fliehen, wäre er nicht lange unentdeckt geblieben; er sprach kaum Französisch, so daß er nicht einmal als Elsässer durchgegangen wäre. Außerdem galt unter den Kommunisten die Losung, möglichst lange zusammenzubleiben; vereinzelt, dachten sie, würden sie den französischen Behörden, die den Anweisungen der deutschen folgten, erst recht keinen Widerstand entgegensetzen können. Der einzige Fluchtweg, der sich zu öffnen schien, führte nach Mexiko. Wie die meisten seiner Parteifreunde hatte Hugo Salzmann um ein Visum angesucht. Gilberto Bosques, der Generalkonsul in Marseille, erkannte die Gefahr, in der sich die Bittsteller befanden, und zweifelte nicht daran, daß die deutschen Truppen über kurz oder lang auch den freien Teil des Landes besetzen würden. Immer wieder ergingen Einladungen an Internierte, die ersehnten Visa in seinem Büro abzuholen. Kurz nach Jahreswechsel könnte auch Salzmann die Nachricht erhalten haben, daß seinem Antrag stattgegeben worden sei, denn in einem Brief, den er im Frühjahr 1941 nach Stainz schrieb, in der Hoffnung, daß das Kind schon bei Julianas Angehörigen eingetroffen sei, kündigte er an, daß er in Kürze eine große Reise antreten werde. Jetzt fehlte ihm noch die Genehmigung der französischen Behörden, das Land verlassen zu dürfen. Sooft er im Informationsbüro der Lagerleitung vorsprach, wann damit zu rechnen sei, hieß es, er möge sich gefälligst gedulden.

Aber im September einundvierzig, drei Monate nach dem deutschen Überfall auf die Sowjetunion, wurde Hugo Salzmann als einer der ersten Männer aus Le Vernet in das Gefängnis von Castres überstellt, in einem Lastwagen, dessen Plane zur Täuschung der Bevölkerung mit einem großen Rotkreuzzeichen versehen war, und zwar gemeinsam mit dem Spanienkämpfer Ferdinand Weingartz und zwei Juden, die wie er als »feindliche Ausländer« aufgegriffen und ins Lager gesteckt worden waren. Der eine, Wilhelm Hoffmann, stammte wie Weingartz aus Köln, der andere hieß Philipp Auerbach, hatte nach seiner Flucht aus Deutschland in Belgien eine Fabrik aufgebaut und das republikanische Spanien im Bürgerkrieg durch Lieferungen von Benzin und Chemikalien unterstützt. Kurz nach ihnen wurden zwei Hitlerjungen eingeliefert, die vor Kriegsausbruch nach Frankreich geflohen waren, dazu die todkranke Sekretärin des Publizisten Helmuth Klotz, eines ehemaligen Marineoffiziers und Nationalsozialisten, der schon Ende der zwanziger Jahre mit der Partei gebrochen und sich zu einem scharfen und kundigen Kritiker der Nazigrößen gewandelt hatte.

Die Gefangenen durften sich innerhalb ihres Trakts frei bewegen, was sie ein paar Tage lang hoffen ließ, nicht an die deutschen Behörden ausgeliefert zu werden. Auch, weil die Aufseher beteuerten, daß sie in Kürze in ein Lager überstellt würden, in dem sie vor dem Zugriff der Gestapo sicher wären. Einmal erschien gar ein Kapitän mit blauweißroter Schleife am Ärmel, der ihnen verkündete, daß sie unter dem Schutz der Militärregierung seines Landes stünden.

Als Offizier der französischen Armee gebe ich Ihnen mein Ehrenwort!

Aber gerade dieses Versprechen, und die Weigerung des Mannes, auch nur eine der Fragen zu beantworten, mit denen sie ihn bestürmten, schürte ihre Unruhe. Außerdem durften sie von nun an ihre Zellen nicht mehr verlassen, und das Verhalten der Aufseher wurde mürrisch und grob. In Salzmanns Zukunftsplanung trat eine Unbekannte, für die er, je nach Stimmungslage, Zuchthaus, Galgen oder KZ setzte. Die große Reise, die er in seinem Brief angekündigt hatte, würde so weit nicht gehen, jedenfalls in ein anderes Ziel münden. Schwer zu sagen, was ihn eher aufrecht hielt, der Glaube daran, daß das deutsche Volk über kurz oder lang zum Kampf gegen Hitler finden werde, oder das heiße Verlangen nach Frau und

Kind. Die Verbindung zu ihnen war vor mehr als einem Jahr abgerissen. Die einzige Nachricht seither stammte vermutlich von den Bernards oder anderen Freunden aus Paris, die ihn im April einundvierzig verständigt hatten, daß sein Sohn mit einem Rotkreuztransport in die Steiermark gebracht worden sei. Über Julianas Schicksal kein klares Wort. Deshalb hatte er in seinem Brief an den Jungen und an seine Schwägerin auch voll verhaltener Unruhe geschrieben: »Ich weiß nicht, wo Deine liebe Mama ist. Weißt Du es, Klein Hugo? Dann schicke ihr viele, viele liebe Grüße von Deinem Papa.«

Am 4. November 1941 wurde er aus seiner Zelle geholt und in Moulins, an der Demarkationslinie, zusammen mit Weingartz und Hoffmann deutschen Feldgendarmen übergeben, die ihn sofort in Ketten legten. Seinen Bericht über die Zeit danach hat Hugo Salzmann fünfunddreißig Jahre später niedergeschrieben oder diktiert, als einen zweihundertsiebzig Seiten langen Brief an ein junges gemischtsprachiges Paar, das von ihm mehr über das deutsche Exil in Frankreich erfahren wollte. Die knappen, oft nur aus Stichwörtern und Gedankenstrichen gebildeten Sätze wirken wie hingeworfen, atemlos, als liege kein Abstand zwischen Erleben und Erinnern, als wäre er nach wie vor der Verfolgung ausgesetzt und besitze nichts als zwei scharfe Augen, ein gutes Gehör, den Willen, sich seine Verzweiflung nicht anmerken zu lassen, und die Bereitschaft zu ergründen, wie man dem Feind eine möglichst geringe Angriffsfläche bietet.

Vor allem nachts war Salzmann damit beschäftigt, die Gedanken zu zähmen, die durch seinen Kopf rasten. »Wo wirst du enden. Wie wird die Anklage sein. Was wissen sie von meiner Widerstandsarbeit. Wird mir der Prozeß in meiner Heimatstadt gemacht. Werde ich die Familie nochmal sehen. Komme ich direkt in ein KZ. Werde ich all das überleben.« Da war auch, über Monate und Jahre hinweg, die Fassungslosigkeit darüber, daß sich unter der Zivilbevölkerung, den Wehrmachtssoldaten, den Gefängniswärtern so gar kein Widerstand oder auch nur Abscheu gegen die Naziherrschaft zu regen schien. »Scham und Bitterkeit im Herzen – daß deutsche Menschen eine Brutalität duldeten – Verbrechen sahen – sie mitmachten – bis zu ihrer eigenen Vernichtung. Wir – das kleine Häufchen Widerstandskämpfer.«

Er wurde zuerst nach Paris überstellt, in die Santé, dort kurz und eher nachlässig verhört und nach dreißig Tagen Einzelhaft, geschwächt von immer wiederkehrenden Magenkrämpfen, in einem Gefangenentransport nach Trier gebracht. Weingartz und Hoffmann hatte er in der Santé aus den Augen verloren. In einer Zelle des Eisenbahnwagens war er mit Alfred Jung, einem Sozialdemokraten aus Idar-Oberstein, und dessen halbwüchsigem Sohn eingeschlossen, dazu einem vierten Deutschen, der auf der Holzbank kauerte, sich nicht am Gespräch beteiligte, das Jung und Salzmann leise miteinander führten, und mit zuckenden Mundwinkeln ins Leere starrte. Warum sind wir ihm so gleichgültig, dachte Salzmann, wenn wir doch gemeinsam ins Ungewisse fahren. Erst als ein Beamter des Sicherheitsdienstes auf seinem Kontrollgang vorbeikam, wurde ihm das Verhalten ihres Gefährten einsichtig. Der Mann schnellte hoch, durchmaß die Zelle mit einem Schritt und klopfte gegen die vergitterte Abteiltür, zögernd erst, dann mit kurzen heftigen Schlägen mit der flachen Hand. Auf die barsche Frage des Aufsehers, ob er austreten müsse, schüttelte er den Kopf, rang die Hände, stotterte herum, flehte endlich, noch einmal seine Frau sehen zu dürfen, die sich im selben Transport befinde.

Nur für eine Minute, Herr Wachtmeister, zum Abschied!

Der Aufseher schnauzte ihn an, sich zu setzen, und verschloß die Tür. Wieder zuckte es um den Mund des Gefangenen. Dazu die tiefe Furche zwischen den Brauen, der gehetzte Blick. Salzmann mußte sich zwingen, wegzuschauen, erschrocken merkte er, daß er dem andern das zerquälte Gesicht neidete. Er kam sich gewissenlos vor, weil es ihm immer wieder gelang, die Angst um Juliana zu verwinden, wenigstens für Stunden, sogar Tage, und jetzt überlegte er, wie er sich wohl verhalten würde, wüßte er sie in diesem Transport. Ob er ebenfalls darum betteln würde, einen Moment lang mit ihr beisammen zu sein.

Barsche Worte auch späterhin, weil der Gefangene nicht davon abzubringen war, seine Bitte zu wiederholen. Beim dritten Versuch hatte der Aufseher ihn nach seinem Namen gefragt, König, Herr Wachtmeister!, hatte er geantwortet, dabei die Hände gegen die Hosennaht ge-preßt, dann war der andere wortlos gegangen, und er hatte sich auf seinen Platz fallen lassen, in die Ecke neben Salz-mann. Nach einer Stunde erschien der Aufseher zum vier-ten Mal, sperrte die Abteiltür auf und brüllte: König mit-kommen, Beeilung! Und dann, leiser: Ihre Frau ... Aber wirklich nur eine Minute.

Der Gefangene sprang auf und taumelte hinaus auf den Gang. Salzmann und Jung blickten ihm nach. Dabei umfaßte Jung seinen Sohn, der im Rütteln des Wagens eingeschlafen war. Die beiden Männer schwiegen, aufge-wühlt, als wären sie Zeugen einer unerhörten Begeben-heit, deren Zauber kein Geschwätz vertrug. Als König, wenig später, zurückgebracht wurde, lag ein Leuchten auf seinem Gesicht. Keine zuckenden Mundwinkel mehr. Die Stirn sorgenfrei, vermeintlich, nach der Begegnung mit seiner Frau. »Die Tür wird hinter König verschlos-sen«, sollte Hugo Salzmann schreiben. »Wir sind unter uns. Unsere Augen suchen sich. Noch ist nicht der Mo-ment zu fragen.«

In Trier lag Schnee. Die Gefangenen zitterten vor Kälte, während sie in Viererreihen auf dem Bahnsteig Aufstellung nahmen. Vor Salzmann standen drei Männer in feldgrauen Uniformröcken ohne Schulterstücke und Dienstgradlitzen. Auf seine Frage, warum man sie denn eingesperrt habe, sagte einer von ihnen, daß sie in Ruß-land geklaut hätten. Er gab sich vorsichtig optimistisch, schlimmer als an der Ostfront werde es auch in einem deutschen Lager nicht zugehen. Ein Versehrter im offenen Militärmantel schwang sich auf zwei Krücken heran. Erst musterte er die Gefangenen, wozu er sich mühsam aufrichten und den Kopf in den Nacken legen mußte, dann spuckte er aus und schleppte sich weiter. Über dem Bahnhofsausgang hing ein riesiges Spruchband, »Räder müssen rollen für den Sieg«, auf dem Vorplatz ein Plakat, darauf ein Mann im Schatten, geduckt, den Hut tief ins Gesicht gezogen: »Vorsicht, Feind hört mit!« Kinder mit Schultaschen liefen an ihnen vorüber. Warum beachten sie uns nicht, dachte Salzmann. Weil unser Anblick alltäglich ist, oder weil wir nicht zu ihrem Volk gehören?

In der Zelle war er wieder mit Vater und Sohn Jung zusammen. Der Schließer schob ihnen ein Riesenbündel durch die Tür, darin gewaschene Wehrmachtsunterhosen, von denen sie die zerrissenen, nur noch als Lappen verwendbaren aussortieren sollten. Endlich eine Beschäftigung, wie später, in Koblenz, das Tütenkleben, die Salzmann etwas von seiner Unruhe nahm. Und die Mischung aus Entsetzen und Genugtuung, als er zu erkennen glaubte, daß die dunklen Flecken im Stoff von Blut herrührten.

Hosen von den Verwundeten. Die ziehen den Gefallenen noch die Unterhosen aus, sagte er.

Darauf Jung: Wir sortieren bestimmt nicht allein hier. Warte nur, in Rußland erfrieren die in solchen Hosen. Die werden sich noch wundern.

Ende Dezember, kurz vor dem Silvestertag 1941, wurde

Hugo Salzmann im Polizeiauto zum Bahnhof gebracht, wieder in einen Gefangenenwagen mit vergitterten Milchglasscheiben gesteckt. Diesmal war er allein im Abteil. Das Quietschen der Räder, die kurvenreiche Strecke, das gemächliche Tempo bedeuteten ihm, daß die Fahrt durchs Moseltal ging. Als der Zug hielt, wurde er vom Transportleiter abgeholt. Auf dem Bahnsteig stand ein gedrungener Mann in ss-Uniform. Er musterte Salzmann, während er den andern fragte: Wo ist der Pole?

Der liegt in seinem Abteil. Hat versucht, sich zu erhängen. Wir haben ihn rechtzeitig abgeschnitten. Er ist noch nicht bei Bewußtsein.

Schräg hinter dem ss-Mann das Stationsschild, Koblenz. Nicht weit bis Kreuznach, sagte sich Salzmann, während er zum Ausgang trottete, neben dem Mann, der, als hätte er seine Gedanken gelesen, zu ihm sagte: Na, bist mal wieder zu Hause.

Tags darauf, bei der ersten Einvernahme im ehemaligen Reichsbankgebäude, das um die Jahreswende 1936/37 für die Geheime Staatspolizei freigemacht worden war, gab sich der ss-Mann als Gestapobeamter – und als Nachbar aus Bad Kreuznach zu erkennen. Er prahlte vor dem Gefangenen mit seinem guten Gedächtnis, so könne er sich haarscharf an eine kommunistische Kundgebung auf dem Eiermarkt in der Kreuznacher Neustadt erinnern, im Frühjahr einunddreißig, bei der Salzmann vor fünftausend Leuten gesprochen habe.

Seh dich noch, wie du auf dem Michel-Mort-Denkmal

gestanden hast. An der Schuhgasse hab ich gestanden, euch beobachtet.

Wie Sie das alles noch wissen, Herr Müller, sagte die Sekretärin, die, der Kleidung nach zu schließen, kurz zuvor Witwe geworden war. Kriegerwitwe, wünschte Salzmann.

Ja, ja, weiß ich noch, als wärs heute. Damals ging ich ins Ruhrgebiet zur ss. Da haben wir unter den Bergarbeitern aufgeräumt.

Warum erzählt er das alles, dachte Salzmann. Warum stellt er keine Fragen. Warum schlägt er nicht zu.

Plötzlich zog Müller ein mit Maschine beschriebenes Blatt Papier aus der Schublade und schob es ihm hin. Dazu einen leeren Bogen und einen Bleistiftstummel.

Du schreibst mir dieses Diktat für morgen dreimal ab.

In der Zelle las Salzmann die Sätze, die er in seine Handschrift übertragen sollte. Belangloses Zeug, dem jeder Zusammenhang fehlte, wie aus einer Fibel für ABC-Schützen. Ihm fiel auf, daß sich bestimmte Buchstabengruppen in jedem Satz wiederholten. S mit B vor allem. Er suchte nach einer Begründung. Kann sein, jetzt dämmerte ihm, was Anna Bernard seinerzeit in Villejuif erzählt hatte, daß jemand so dreist gewesen war, zwei Kreuznacher Nazis durch Zusendung kommunistischer Zeitungen zu verhöhnen. Offenbar war Müller mit dem Ergebnis seiner Schriftprobe nicht zufrieden, denn nach einiger Zeit bekam er neue Sätze zum Abschreiben vorgelegt, und später noch welche.

Als er schon einen Monat Einzelhaft hinter sich hatte und in dieser Zeit, unterbrochen nur von den erzwungenen Schreibübungen und dem Rundendrehen im Hof, annähernd hunderttausend Mehltüten geklebt hatte, erhielt Hugo Salzmann unerwarteten Besuch. Er hatte, als er das Geräusch des Aufschließens hörte, befürchtet, daß man ihn wieder der Gestapo vorführen würde, aber dann sah er zu seinem Erstaunen einen Priester im Türrahmen stehen, erkennbar nicht nur am Collarhemd unter der schwarzen Jacke, sondern auch an den gemessenen Bewegungen und an der gedämpften Stimme. Was Salzmann vollends aus der Fassung brachte, war der achtungsvolle Ton, mit dem ihm der verhalten lächelnde, breitschultrige Mann einen guten Tag wünschte. Kein gebrülltes Heil Hitler!, kein Herunterrasseln der Gefangenennummer, nicht einmal ein besitzergreifendes Grüß Gott.

Mein Name ist Fechler, ich bin der Seelsorger hier im Gefängnis. Und nach einem Moment des Zögerns: Wenn Sie mich nicht wollen, gehe ich wieder.

Nein, Herr Pfarrer, kommen Sie mal rein.

Fechler schaute den Gang hinauf und hinunter, ehe er einen Schritt nach vorn machte, in die Zelle.

Salzmann ließ ihm keine Zeit, etwas zu sagen. In ihm hatte sich viel Seelennot angesammelt, endlich konnte er loswerden, was ihn bedrängte.

Sie haben das Schweigegelübde abgelegt, Ihnen kann ich was anvertrauen, für den Fall, daß die mich köpfen. Ich habe Frau und Kind.

Herr Salzmann, ich komme nicht, um Sie zur Katholischen Kirche zurückzuholen. Ich bin kein Seelenfänger. Aber ich weiß, wer Sie sind, ich kenne Ihren Lebenslauf.

Woher, dachte Salzmann, während Fechler zurück an die offene Tür trat und wieder einen Blick hinaus auf den Gang warf.

Ich kenne Ihr Leben, sagte er dann, weil es mir Ihre Frau erzählt hat. Sie ist auch hier gewesen, drüben im Frauentrakt. Ich wollte sie warnen vor einer Gestapoagentin, die man zu ihr in die Zelle gelegt hat, aber sie hat es abgelehnt, mit mir zu sprechen. Erst danach, als es zu spät war, hat sie mich zu sich gelassen. Im August hat man sie weggebracht. Sie haben sich um wenige Monate verfehlt.

Dann berichtete er, was geschehen war.

Der Junge spricht kein Wort!

Das sagte die Rotkreuzhelferin als erstes, als sie Hugo bei seiner Tante ablieferte. Sie hatte ihn in Wien übernommen und während der Fahrt über den Semmering wiederholt auf das Erwachen der holden Natur, womit sie die kleinen Knospen an Bäumen und Sträuchern meinte, hingewiesen. In Graz waren sie in den Autobus nach Stainz umgestiegen. An der Haltestelle vor dem Gasthaus Wolfbauer hatte sich die Frau dann nach dem Weg in die Badgasse erkundigt.

Ernestine schloß ihn gleich in ihre Arme. Hugo sträubte sich nicht, er hielt nur still. Als sie ihn wieder freigab, schaute er sie prüfend an. Ihr schmales liebes Gesicht erinnerte ihn an das seiner Mutter. Auch die Mundart war ihm vertraut. Aber da war ein Panzer um ihn, an dem anfangs alle Zärtlichkeiten abprallten.

Er hielt auch still, als sein Großvater ihn behutsam abtastete. Josef Sternad war in den Jahren zuvor allmählich erblindet, was ihm nichts von seinem Frohsinn genommen hatte, nun lächelte er selig in der Gegenwart seines stummen Enkelkindes, das die hohen Filzstiefel betrachtete, den zerkauten Schnurrbart über dem halb offenstehenden Mund, die nach oben gerichteten Augen, deren Iris getrübt war, den löchrigen braunen Hut, den der Mann nur zum Schlafen abnahm.

Ernestines Dienstwohnung im Badhaus war kaum weniger bescheiden als die Hütte des Ehepaares Leclus. Nur sauber war es hier, aufgeräumt, die kleinen Fensterscheiben glänzten im Abendlicht, eine Wanduhr tickte, und auf einem Brett neben der Küchenkredenz entdeckte Hugo sogar einen Radioapparat. An die Küche schloß sich Ernestines Schlafzimmer an, das von einem wuchtigen Ehebett mit wurmstichigem Aufsatz beherrscht wurde, und dahinter lag die Stube des Großvaters, angefüllt mit Gerätschaften und Lederresten aus der Zeit, als er noch gesehen und der spärlich gewordenen Kundschaft die durchgelaufenen Schuhe neu besohlt hatte. An der Rückwand seine Matratze, die mit Maisblättern gefüllt war. Den größten Teil des langgestreckten Gebäudes nahmen die Umkleidekabinen ein, fünfzehn auf jeder Seite, dazu eine für Sitzbäder, die größer und mit einer Holzwanne ausgestattet war, und den hintersten Raum nutzte Ernestine als Speisekammer, für allerlei Kräuter, Äpfel, Birnen, Zwiebeln, Gläser mit Kompott und Marmelade.

Es war ein kalter Tag, an dem Hugo in Stainz eintraf, und richtig warm wurde ihm auch in der Küche nicht, obwohl hier immerhin ein Ofen stand, Sparherd mit zwei Backrohren, aus denen es nach gedörrten Apfelspalten duftete. Aber der Bretterboden war direkt über der gestampften Erde verlegt worden, aus Geldnot oder Geiz hatten die Gemeindevertreter seinerzeit darauf verzichtet, einen Keller ausheben oder auch nur ein Fundament betonieren zu lassen, deshalb zog es von unten her, und die Ritzen zwischen den Dielen füllten sich immer wieder mit Erde, die Ernestine einmal die Woche mühsam wegkratzte.

Ich stelle mir vor, wie erschrocken sie war über Hugos seelische und körperliche Verfassung, daß sie sich aber nichts anmerken ließ. Sie zog ihn an sich, wann immer ihr danach war, redete munter drauflos, und mit der Zeit entlockte sie ihm sogar die eine oder andere einsilbige Antwort. Den ersten vollständigen Satz bildete er nach vier oder fünf Tagen, wobei er auf das Kreuz über der Küchentür zeigte und mit rauher Stimme, als müsse er das Sprechen mühsam erlernen, fragte: Was hängt denn da für 'n Mann druff? Da ahnte Ernestine, daß es nicht leicht sein würde, sich mit ihm gegen die ewig frömmelnde, zugleich martialisch gestimmte Dorfgemeinschaft zu behaupten.

Er war Bettnässer geworden, was sie nicht weiter bekümmerte, müssen wir halt öfter waschen, sagte sie zu ihm, während sie gemeinsam das Bett frisch bezogen, in dem er nachts schlief, unter einer schweren Tuchent und mit einem im Backrohr erwärmten, mit einem alten Unterhemd umwickelten Ziegelstein bei seinen Füßen. Aber dauerhafter war die Wärme, die Ernestine ihm gab, wenn sie noch eine Weile duldete, daß er sich an sie schmiegte; war er eingeschlafen, schob sie ihn sanft hinüber, auf die Seite ihres Mannes Peter, die verwaist war, weil dieser bald nach Kriegsbeginn zur Wehrmacht eingezogen worden war und seither, gegen seinen Willen, weit in Europa herumkam.

Viel mehr als das Bettnässen beunruhigten sie die jukkenden roten Flecken auf Hugos Haut, die wenige Tage nach seiner Ankunft auftraten, und die fauligen, von Karies zerfressenen Zähne. Wegen der Flecken schrieb sie ihrer Schwester, die ihr antwortete, Hugo habe schon in Paris unter ihnen gelitten, infolge der Großstadtluft, die er schlecht vertragen habe, bei seinen Aufenthalten in der Schweiz seien sie jedesmal verschwunden; daß der Ausschlag nun wiedergekommen sei, liege wohl am Ortswechsel und an der ungewohnten Nahrung, »gib ihm viel Gemüse, rohen Salat, wenn es wieder gibt rohe Karotten, und keine so scharfen Speisen. Aber Du kochst doch wie unsere Mutter, und das war sehr gut. Liebe Tinnerl, sei nur nicht ängstlich, es wird schon gut gehen, ich bin ganz ruhig, denn ich weiß, daß Hugo es bei Dir gut hat und in der herrlichen Natur ganz gesund wird.«

Der erste von elf Briefen, die Juliana aus dem Stadtgefängnis Koblenz an Vater und Schwester schreiben durfte, war schon Ende Februar einundvierzig, fünf Wochen vor Hugos Ankunft, in Stainz eingetroffen. Wie ihr Mann hatte sie erwartet, daß das Kind bereits in ihrer Obhut oder zu ihnen unterwegs sei, und sie hatte Ernestine gebeten, die anfallenden Reisespesen zu bezahlen. »Es tut mir leid, meinem lieben Vater und Euch Geschwistern solche Sorgen zu machen, aber bitte nicht böse auf mich werden und sich meiner nicht schämen, ich habe ja nichts verbrochen.«

Hugo erfuhr nicht gleich, daß seine Mutter eingesperrt war, und als Ernestine es ihm schließlich beibrachte, nahm sie ihm das Versprechen ab, dem Großvater nichts davon zu sagen, der würde sich nur furchtbar aufregen oder überhaupt nicht begreifen, was mit Juliana los war. Josef Sternad starb fünf Jahre später im Unwissen um ihr Schicksal, ohne sich bis dahin auch nur nach ihrem Verbleib zu erkundigen, denn je älter und gebrechlicher er wurde, desto tiefer versank er in eine Kindheitswelt, in der ihn die Schrecken der Gegenwart nicht mehr erreichten. So erinnert sich sein Enkel an ihn: wie er tagsüber auf der Küchenbank sitzt und hin und wieder harmlose Sprüche aufsagt, vom Häuslbauen, Raufsteigen, Runterfallen und von einem beißwütigen Krokodil auf einer grünen Wiese. Und wie er vor dem Schlafengehen die Hände verschränkt und das Vaterunser betet, an den Herd gelehnt und immerzu lächelnd.

Auch dem Jungen gegenüber hätte Ernestine am liebsten geschwiegen. Verstört wie er war, fürchtete sie, könnte sich die Angst um seine Mutter zur Verzweiflung steigern. Nicht auszudenken, wenn er weglaufen, sich gar was antun, in das Staubecken des Stainzbach stürzen würde, das Juliana ohnehin als ständige Bedrohung empfand, das verraten die Briefe, in denen sie davor warnte, ihn ohne Aufsicht am Wasser hinter dem Haus spielen zu lassen. Aber schon deshalb, weil sie sehnsüchtig auf ein Lebenszeichen von ihm wartete, konnte ihre Schwester nicht lange zuwarten. Außerdem verstand Ernestine sich nicht darauf, ein Geheimnis zu hüten, das ihr nicht zustand, und vielleicht versprach sie sich auch eine heilende Wirkung auf Hugo, wenn er möglichst bald mit seiner Mutter korrespondierte, zumal Julianas Briefe kaum was von den Zuständen im Gefängnis preisgaben, nur Kälte und Dunkelheit machten ihr zu schaffen, schrieb sie. Zwar klagte sie zweimal über Schmerzen an der linken Lungenseite, Hustenanfälle und nächtliche Schweißausbrüche, berichtete aber Wochen später, daß sie durchleuchtet worden sei und der Röntgenbefund keinen Anlaß zur Sorge gebe, »an der Lunge hab ich nichts, der Arzt sagte, es kann eine Rippenfellverwachsung sein, oder auch die Nerven«. Allein schon ihre unverändert klare, schwungvolle Schrift täuschte eine Normalität vor, die ihre Schwester hoffen ließ, daß sie die Haft halbwegs unbeschadet überstehen werde. Dazu die lebhafte Anteilnahme am Dasein aller Verwandten, die Trauer um Lisas einzigen Sohn, der in der ersten Woche des Balkanfeldzugs gefallen war, das Bangen um ihren Schwager, von dem Ernestine schon lange keine Nachricht mehr erhalten hatte, die Freude darüber, daß ihre jüngste Schwester schwanger geworden war, die Zuversicht, mit der sie ein Wiedersehen in Aussicht stellte, die Ernsthaftigkeit, mit der sie für eine kindgerechte Erziehung ohne Schläge und Ausflüchte plädierte. »Höre Tinni, damit Du es weißt, sollte Hugo Dich einmal fragen, in Paris hat ihm eine Frau erzählt, die kl. Kinderchen wachsen im Krautkopf. Da kam er zu mir u. sagte: ›Mama das glaub ich nicht‹, und ich sagte ihm, er habe recht, es sei nicht wahr. Ich erzählte ihm, daß ein kl. Kind anfängt am Herzen der Mutter zu wachsen, und da es doch groß werden muß, im Mutterleib so lange bleibt, bis es der Doktor holt. Damit war er ganz zufrieden und frug nie mehr. Dies nur falls er Dich einmal frägt.« Dann waren da auch die zärtlichen Appelle an Hugo, der Tante zu gehorchen, beim Holztragen und Aufräumen zu helfen, mit dem Nägelbeißen aufzuhören, immer gut die Zähne zu putzen, tüchtig zu lernen, sich nicht vor den Flugzeugen zu fürchten, die immer häufiger über Stainz auftauchten, und ihr möglichst oft ein Bild zu malen, was er auch eifrig tat, von Meise, Fink, Bienenhaus und Katze.

Mein lieber Hugo!
Heute ist Sonntag und da hast Du keine Schule, da kannst Du den ganzen Tag laufen und spielen, ja auf

dem Turnplatz da ist es schön, da hat auch Deine Mama gespielt. Wie geht es Dir in der Schule, doch schon ein bißchen besser gelt. Weißt Du Hugo, ich denke oft daran und muß immer lachen, wie Dir Dein Lehrer, wo Du bei Julien warst in das Heft schrieb, Du seiest der beste Schüler in der Klasse. Da hast Du mir gesagt, Mama das ist nicht leicht, »Erster« zu sein, denn der Zweite war gleich hinter mir her. Siehst Du Hugo, so wird es auch jetzt sein, dort hast Du am Anfang auch geweint und hast gesagt, das kann ich nie und es ging gut. So ist es auch jetzt, am Anfang ist es schwer, aber wenn Du daheim jeden Tag ein bißchen liest u. schreibst, dann wirst Du sehen, daß es in der Schule besser geht. Nicht nur spielen Hugo, denn Du weißt doch noch, was ich Dir immer erzählt habe, von den Menschen, die zu faul waren, richtig zu lernen. Hast Du schon einen kleinen Kameraden gefunden? Du bist ja unser lieber Bub, und wenn man lieb und gut ist, dann hat man immer Freunde. Wie geht es sonst, hast Du noch Ausschlag, bleib mir nur gesund und gehe nie an das tiefe Wasser, auch wenn andere Jungens sagen, Du sollst mitgehen. Morgens gehe ich immer eine halbe Stunde im Hof spazieren, und da schicke ich Dir immer liebe Grüße mit den Wolken, die Du auch siehst.

So Hugo, jetzt hat Dir Deine Mama wieder geschrieben, es ist dies alles, was ich Dir jetzt tun kann, aber es kommt auch wieder die Zeit, wo wir beisammen sind u. bleiben. Bleib tapfer mein gutes Söhnchen, denke an Deinen lieben Papa, gebe dem Großvater u. Tante Tinni ein festes Küßchen von mir und sei herzlichst gegrüßt und geküßt von Deiner Mama (schreibe mir wieder)

Das mit dem Lernen war nicht so einfach. Zuerst war an einen Schulbesuch ohnehin noch nicht zu denken, und dann begannen die Osterferien, in denen Ernestine alle Hände voll zu tun hatte, weil die Leute wegen der bevorstehenden Feiertage bei ihr um Wannenbäder anstanden. Am Ostersonntag suchte Hugo die Eier, die sie unter den Sträuchern der Badewiese versteckt hatte, mehr um ihr eine Freude zu machen, wie er sagt, als aus Begeisterung, denn der Osterhase war ihm ebenso fremd wie der Gekreuzigte in der Küche, und er verstand auch nicht, warum dieser Heiland, wo er doch schon zu Weihnachten auf die Welt gekommen war, wie ihm Ernestine erklärt hatte, und am Karfreitag gestorben, nach zwei Tagen schon wieder geboren wurde, und was eigentlich die Hasen mit der Sache zu tun hatten. Er war noch mit dieser Frage beschäftigt, als ihn seine Tante der Volksschullehrerin Aloisia Gratzer vorstellte, einer leisen jungen Frau mit einer Brille aus rundem Horngestell, die ihn vier Tage später am Schultor abholte.

Das ist also Hugo, sagte sie zu den Kindern der dritten Klasse, die ihn neugierig anstarrten, er ist bisher in Frankreich zur Schule gegangen und tut sich noch schwer in unserer Sprache, aber mit eurer Hilfe und mit viel Fleiß und ein bißchen Geduld wird er seinen Rückstand bis Sommer sicher aufgeholt haben.

An Geduld mangelte es auch ihr nicht. Außerdem machte es sich Ernestine zur Gewohnheit, jeden Abend eine halbe Stunde lang mit ihm zu üben, und fünfmal die Woche schickte sie ihn zum pensionierten Lehrer Gotthart, einem Junggesellen, der ihm für ein Schmalzbrot oder einen Sterz Nachhilfeunterricht in Lesen, Schreiben und Rechnen erteilte. Gotthart war nett, sagt Hugo, er hat sich viel Mühe gemacht, eines Nachts hat er mir sogar den Sternenhimmel erklärt. Trotzdem habe ich mich manchmal aus dem Staub gemacht, damit ich nicht zu ihm lernen gehen muß, aber Tini hat mich jedesmal gefunden. Daß ich dann trotz einer Vier in Deutsch und Heimatkunde in die nächste Klasse versetzt worden bin, ist vor allem ihrem Nachdruck zu verdanken, vermutlich hat Frau Gratzer beim Notengeben auch ein Auge zugedrückt.

Obwohl Textilien wie Lebensmittel längst rationiert waren, gelang es seiner Tante, Hugo binnen kurzem neu einzukleiden. Er war ja in kaputten Schuhen, zerrissenen Strümpfen, einem dünnen Hemd bei ihr aufgetaucht, und im Koffer hatte sie nur seine Geburtsurkunde, einige Fotos, ein Paar getragene Frauenschuhe und eine Nähtasche gefunden. Ein zusätzliches Einkommen verschaffte sie sich als Bedienerin im Haushalt eines ehemaligen Obersten der österreichisch-ungarischen Armee, darüber hinaus war sie auf Tauschhandel und Gefälligkeiten angewiesen. Im Kaufhaus Ulz erwarb sie mit ihrer Kleiderkarte und der ihres Vaters drei Meter Baumwolle oder grobes Leinen, gab einer Bäuerin die Hälfte davon ab, nahm dafür Selchfleisch, das sie mit einer Nachbarin teilte, die als Gegenleistung Hugo die erste lange Hose seines Lebens schneiderte, eine Golfhose, wie er seiner Mutter stolz berichtete. Ernestines Findigkeit kam ebenso ihrer Schwester zugute, der sie jeden Monat ein Päckchen schicken durfte. Aber sie war nicht die einzige, die sich um Juliana kümmerte. Nun hatten wenigstens Luise und Lisa ihre Zurückhaltung aufgegeben und überwiesen mehrmals kleinere Geldbeträge, deren Empfang Juliana ebenso gewissenhaft bestätigte, wie sie Ernestine auftrug, den Geschwistern ihres Mannes für Seife, Kuchen, Wurst und Strümpfe zu danken, ihrem Schwager Karl, ihren Schwägerinnen Tilla, Anna und Käthe, die auch Hugo mit Geschenken bedachten, einem Segelflugzeug zum Beispiel, dem größten, das in Kreuznach aufzutreiben gewesen sei, wie Tilla Juliana und Juliana Hugo versicherte, »da wirst Du Dich freuen und kannst es auf der Turnwiese fliegen lassen, aber gib acht, daß es nicht in den Bach fällt, oder auf einen Baum im Park«.

Das ging so bis in den Sommer hinein. Im Juli ließ Ernestine noch ein Foto von sich und dem Jungen machen und schickte es nach Koblenz. »Ihr seid allerliebst, wie Mutter und Sohn, so sehr sieht Dir Hugo ähnlich«, schrieb Juliana zurück. Dann plötzlich, Ende August einundvierzig, eine Postkarte aus Ravensbrück.

Schuld war die verwitwete Marquise Lucie de Villevert, die ursprünglich Minna Otto hieß, aus Zerbst in Anhalt stammte und vor dem Ersten Weltkrieg unter dem Namen Juana Manuela als Schönheitstänzerin aufgetreten war. 1940 wurde sie unter dem Verdacht schweren Wirtschaftsbetrugs festgenommen und in das Koblenzer Stadtgefängnis eingeliefert.

In der Hoffnung, damit ihre Lage zu verbessern, erklärte sie sich bereit, Mithäftlinge auszuhorchen. Unbekannt ist, wann sie zu Juliana in die Zelle gelegt wurde, vorstellbar, daß sie deren Vertrauen durch Anekdoten aus ihrer Zeit in Paris gewann, erwiesen, daß sie irgendwann die Rede auf den Reichstagsbrand brachte und fragte, wen denn die Franzosen für den Brandstifter hielten. Juliana antwortete, den Reichstag hat Göring angezündet, das weiß in Frankreich jedes Kind. Als sie daraufhin nochmals vom Gestapomann Adrian, einem Kollegen Müllers, einvernommen wurde, bestritt sie nicht, diese Äußerung gemacht zu haben. Damit, sagte Pfarrer Fechler, war ihr Schicksal besiegelt.

Und diese Marquise, fragte Salzmann, als Fechler ihn das nächstemal in der Zelle aufsuchte.

Die ist in der Zwischenzeit auch nach Ravensbrück abgegangen.

Hugo Salzmann blieb noch bis Anfang dreiundvierzig in Koblenz inhaftiert. Kurz vor Jahreswende hatte er die Anklageschrift des Volksgerichtshofes Berlin erhalten. Sie lautete auf Vorbereitung zum Hochverrat, wegen Herstellung und Vertrieb marxistischer Hetzschriften.

Seien Sie gefaßt, sagte Fechler, der das Schriftstück aus dem Gefängnis geschmuggelt und einem befreundeten Rechtsanwalt gezeigt hatte, es kann ein Todesurteil geben. Wenn Sie Glück haben, Zuchthaus. Die Höchststrafe fünfzehn Jahre. Behalten Sie Ihren Mut. Es tut mir leid, daß ich nicht mehr für Sie tun konnte.

Einen Monat war Salzmann dann unterwegs. Von Koblenz nach Köln, von Köln nach Frankfurt, von Frankfurt nach Hannover, von Hannover nach Halle, von Halle nach Berlin. Mit Gefangenentransporten, in Durchgangszellen, die sich nur in den Grobheiten des Wachpersonals voneinander unterschieden. Irgendwo auf der Strecke ein alter Wärter, der ihm ein Wurstbrot schenkte. Ereignis, das ihm ebenso in Erinnerung blieb wie der Zwischenfall bald nach dem Umsteigen in Frankfurt, wo er mit zwei Franzosen in ein Abteil gesperrt worden war. Sein jähes Bedürfnis, sich ihnen zu erklären, deutlich zu machen, daß er kein gemeiner Deutscher sei. Er zählte die Stationen seiner Freiheitsberaubung auf und beteuerte, als Antifaschist, nicht als Krimineller an die Nazis ausgeliefert worden zu sein. Als sein Vorrat an Vokabeln erschöpft war, lehnte er sich zurück und schwieg, während sie sich, ohne ihn weiter zu beachten, halblaut unterhielten. Dann glaubte er ein Lachen zu hören, helle Stimmen, hinter seinem Rücken. Er drehte sich um und suchte die Wand zum Nebenabteil nach einer Öffnung ab. Unterhalb der Kopfstütze war ein dünnes Loch mit ausgezacktem Rand, das jemand, schon vor langem, heimlich gebohrt haben mußte. Er hielt sein Ohr dagegen. Zwei Frauen, eindeutig. Salzmann glaubte sogar die südhessische Mundart herauszuhören. Die beiden Franzosen schauten ihn neugierig an. Er zeigte auf die Abteiltür. *Attention, pour police.* Sie kapierten, einer von ihnen rückte nach vorn, an die Kante der Sitzbank, um einen besseren Blick nach draußen zu haben, für den Fall, daß ein Aufseher auf seinem Kontrollgang vorbeikam. Dann klopfte Salzmann an die Wand, das Klopfen wurde erwidert. Er beugte sich zum Loch und stellte Fragen, woher sie kämen und wieso man sie in diesen Transport gesteckt habe.

Wir sind Frankfurterinnen. Die haben uns holen lassen, als Zeugen in einem Prozeß, gegen eine Frau. Sie soll in ihrer Wirtschaft abfällige Bemerkungen über Hitler geduldet haben. Jetzt bringen sie uns wieder zurück.

Zurück wohin?

Nach Ravensbrück. Und du?

Salzmann antwortete nicht gleich. Einmal, weil es ihm die Rede verschlug, mehr noch, weil er plötzlich mißtrauisch wurde. Das muntere Lachen vorhin, und daß man jemand aus einem KZ holt und mitten im Krieg durch halb Deutschland schleppt, wegen eines Gerichtsverfahrens, dessen Ausgang von vornherein feststand. Als lebte man in einem Rechtsstaat. Er hätte die Frauen nebenan gern zu Gesicht bekommen. Aber so mußte er sich darauf verlassen, daß sie nicht als Lockvögel eingesetzt wurden. Die Antwort der einen auf seine Frage, ob Ravensbrück ein großes Lager sei, bestürzte ihn.

Und ob, sagte sie. Wir sind zu Tausenden dort. Fast nur Frauen und Kinder.

Wie, nur Frauen und Kinder.

Sie schwiegen, und er richtete sich auf. Die beiden Franzosen merkten ihm die Erschütterung an und schwiegen ebenfalls. Dann setzte sich der Ältere neben ihn auf die Bank und drückte ihm die Hand. *Courage, camarade.* Aber der Zuspruch war ihm keine Erlösung. Nach einigen Minuten klopfte er nochmals.

In Ravensbrück, habt ihr dort zufällig Juliana Salzmann kennengelernt. Anfang dreißig, stammt aus Österreich, hat zuletzt in Frankreich gelebt.

Er wiederholte den Namen. Er hörte, wie die beiden Frauen miteinander tuschelten. Dann wieder die Stimme der einen: Bist du noch da? Juliana. Meine Freundin sagt, in Block 1 liegt sie.

Wie geht es ihr, ist sie gesund, habt ihr zu essen? Das waren die Fragen, die sich ihm aufdrängten. Er stellte sie nicht; er flüsterte: Grüßt sie von ihrem Mann. Sagt ihr, daß ich zum Volksgerichtshof nach Berlin komme. Sie darf nicht den Mut verlieren, wir werden uns wiedersehen, sicher.

In Hugos Leben wäre vieles anders gekommen: wenn sein Vater ihn je beiseite genommen hätte. Sechs, acht oder zehn Jahre später, als alles vorüber und doch nicht zu

Ende war. Wenn er zu ihm gesagt hätte, jetzt will ich dir mal erzählen, wie es mir ergangen ist. Damit du manches begreifst. Die Ungeduld, die Härte, die Reizbarkeit. Man nimmt ja auch Schaden. Wenn er ihn beispielsweise durch das Gerichtsgebäude in der Bellevuestraße geführt hätte, das nur noch in seinen Alpträumen existierte, seit es, im Februar fünfundvierzig, bei einem Luftangriff auf Berlin zerstört worden war. Durch das Labyrinth aus unterirdischen Gängen, Treppen und Kammern, vorbei an einer langen Reihe aneinandergeschweißter Spinde, in denen nicht Kleider, sondern Menschen steckten (Verurteilte, die bis zum Abtransport nach Plötzensee hier aufbewahrt wurden), hinauf in den Verhandlungstrakt, hinein in den Saal, auf die Anklagebank, die keine richtige Bank war, eher eine Art Koben auf einem Podium und mit einem Sitzbrett an der Rückseite. Wenn er ihm gezeigt hätte, wie der Reihe nach der Offizialverteidiger, der Staatsanwalt und ein Mann in Straßenkleidung, mit einer Mappe unter dem Arm den Gerichtssaal betraten. Den Einzug der Richter und Beisitzer (zwei in roten Roben, einer in der Uniform eines SA-Brigadeführers, einer in der eines Generalarbeitsführers, einer in Zivil, mit Parteiabzeichen auf dem Revers). Wenn er seine Beklemmung beim Anblick des Vorsitzenden mit ihm geteilt hätte: hagere Gestalt, schmaler Schädel mit Halbglatze, scharf geschnittene Nase. (Er glaubte im ersten Moment, Roland Freisler vor sich zu haben, den er von Fotos her kannte, die in der ›Roten Fahne‹ erschienen waren, aber laut Urteilsschrift handelte es sich um den Senatspräsidenten Kurt Albrecht.)

Wenn also, und wie.

Wenn er ihm zugemutet hätte, ihn anzuhören. Wie Albrecht ihn aufforderte, dem Gericht seinen Lebensweg zu schildern. Wie er plötzlich von einer inneren Ruhe erfaßt wurde und mit kräftiger Stimme, sachlich und vehement zugleich, zu sprechen begann: von Not und Entbehrung im Elternhaus, Fronteinsatz des Vaters, Krankheit und frühem Tod der Mutter, Eintreten für die Arbeitskollegen, Bemühen um die Erwerbslosen. Wie er seine Empörung über die gnadenlosen Bestimmungen des Friedensvertrages und seinen Protest gegen die Besetzung des Ruhrgebiets in die Rede einflocht. Wie es ihm gar nicht schwer fiel, die Schnittmenge zu treffen von dem, was er getan hatte und was die Nazis unter Idealismus verstanden. (Uneigennützig, darauf lief seine Selbstdarstellung hinaus. Dann sagte er noch: Ich bin nicht schuldig.) Wie Albrecht keine Miene verzog, in seinen Akten blätterte, ihnen zwei kleinformatige Zeitungen entnahm, die er an die Beisitzer weiterreichte, wieder einholte, hochhielt. (Er wußte gleich, um welche Blätter es sich handelte, schließlich war jede Ausgabe durch seine Hände gegangen.) Wie Albrecht ihn beschuldigte, diese Schriften nach dem Reich verschickt zu haben, an verdienstvolle Funktionäre in Bad Kreuznach, deren Adressen nur er kennen konnte, der Angeklagte Salzmann, Schriften, die gegen den Führer hetzten, diesen als Mörder schmäh-

96

ten, zum Sturz der deutschen Staatsführung aufriefen. Wie Albrechts schnarrende Stimme immer lauter wurde, sich schließlich überschlug: Das ist Vorbereitung zum Hochverrat, hier sind die Beweise, bekennen Sie sich schuldig! Wie er entschieden bestritt, diese Zeitungen nach Deutschland verschickt zu haben. Wie Albrecht die Anschuldigung wiederholte und wie er sie erneut zurückwies: Wenn ich schwören dürfte, Herr Präsident, ich habe nicht…, worauf Albrecht nach seinen Akten griff, aufstand und verkündete, daß die Verhandlung unterbrochen werde. Wie die Richter und Beisitzer den Saal verließen. Wie er in ihrer Abwesenheit vergeblich auf ein Wort seines Anwalts wartete, aufmunternd oder warnend, wie dieser Dr. Feldmann überhaupt die ganze Zeit geschwiegen, ihn nicht einmal mit einem Blick bedacht hat. (Am Abend davor hatte er ihn in seiner Zelle in Moabit aufgesucht: Sagen Sie mir nichts, was Sie belasten könnte, ich müßte es der Gestapo melden. Weinen Sie nicht während der Verhandlung.) Wie er krampfhaft überlegte, was Albrecht gegen ihn noch in der Hand hatte, und dabei an seinen Genossen Fried Hey dachte, der ihm auf dem Weg zum Gerichtssaal, im breiten Korridor nach dem letzten Treppenabsatz, begegnet war. In Ketten, und mit einem Flackern in den Augen. (Den Bergmann Friedrich Hey aus Dudweiler, der in Paris für die Verteilung der Spendengelder, dann für die Emigrantenküche zuständig war.) Wie er befürchtete, daß dieser nun als Belastungszeuge gegen ihn aufgeboten werden würde, bei Fortgang der Verhandlung jedoch erkannte, daß es Albrecht allein darum ging, ihm nachzuweisen, daß er persönlich die Zeitungen an Kappel und Umbs verschickt hatte. Wie Albrecht sich nämlich an den Mann im Straßenanzug wandte, der vor Prozeßbeginn neben dem Staatsanwalt Platz genommen hatte, und ihn ersuchte, sein graphologisches Gutachten vorzubringen. Wie der Sachverständige sich erhob, einige Papiere zur Hand nahm, die Brille zurechtrückte und ausführte, daß er die Handschrift auf den Umschlägen eingehend mit den in Koblenz genommenen Schriftproben verglichen habe und dabei zu folgendem Ergebnis gekommen sei: Der Buchstabe B ist das typische B des Angeklagten. Der Buchstabe K unmöglich, ebensowenig das E und N. Das Z weist große Ähnlichkeiten mit dem des Angeklagten auf. Das S wiederum ... Wie er das halbe Alphabet durchging, dann die Papiere auf den Tisch zurücklegte, die Brille abnahm, sich räusperte, die Brille wieder aufsetzte. Wie er sagte, auf Grund mehrerer Übereinstimmungen, die sich durch unbewußt entstehende Schreibgewohnheiten ergäben, könne mit einem hohen Grad von Wahrscheinlichkeit behauptet werden, daß der Angeklagte persönlich den Umschlag beschriftet habe. Wie er sich erneut räusperte, endlich hinzufügte, daß sich aber ein lückenloser und objektiver Nachweis für die Täterschaft des Angeklagten infolge des geringen Ausgangsmaterials nicht erbringen lasse. Wie nach diesen Worten nur das Rascheln von Albrechts blutroter Robe zu hören war. Wie der Staatsanwalt das Wort ergriff und für den Angeklagten zehn Jahre Zuchthaus forderte. Wie sich das Gericht abermals zur Beratung zurückzog. Wie Albrecht, eine Viertelstunde später, das Urteil verkündete, im Namen des Deutschen Volkes, daß nämlich das von Staatsanwalt Dr. Bruchhaus beantragte Strafausmaß auf acht Jahre Zuchthaus herabgesetzt werde, weil der Angeklagte sich den Werbebemühungen der Französischen Fremdenlegion widersetzt und damit bewiesen habe, noch einen Funken Ehrgefühl zu besitzen. Wie er nicht wußte, ob aufatmen oder verzweifeln. (Sein erster Gedanke war: Acht Jahre Zuchthaus, das pack ich nie.) Wie sich der Saal im Handumdrehen leerte. Wie er allein zurückblieb, im Kabuff mit dem angeschraubten Sitzbrett. Wie ihn nach einigen Minuten zwei Gestapomänner holen kamen. Wie sich vorher noch der Gerichtsdiener in seiner Nähe zu schaffen machte, ihm dabei zuflüsterte: Der Krieg dauert keine zwei Jahre mehr.

Hugos Leben wäre wirklich anders verlaufen, glaube ich. Wenn sein Vater sich bloß die Zeit genommen hätte, ihm zu erzählen. Etwa davon, wie sehr ihn die beiden Jahre zwischen Verurteilung und Befreiung noch zermürbt haben. Wenn er an das gerührt hätte, was vielleicht am meisten weh tat: an die Erinnerung an eine mondhelle Nacht in Butzbach, in der er auf seiner Pritsche lag und das Schattenmuster betrachtete, das die Gitterstäbe an die Wand warfen. Am 5. und 6. Dezember 1944, vor und nach Mitternacht. Er fand lange keinen Schlaf, weil ihn die Backenknochen, die Rippen, die Beine, das Kreuz, der

Magen schmerzten, und weil er vor Kälte zitterte. Sooft
er sich herumwälzte, konnte er im Zwielicht die Umrisse
seiner Zellengenossen Kaspar Göb und Otto Renner erkennen, die sich das Stockbett neben ihm teilten. Salzmann war froh über ihre Gesellschaft. Göb verströmte
Zuversicht, Renner war bedächtig. Der eine hatte für
untergetauchte Juden und Deserteure Lebensmittelkar-
ten gefälscht und war deshalb zu fünf Jahren Zuchthaus
verurteilt worden. Den andern hatte man schon im Sommer dreiunddreißig wegen staatsfeindlicher Umtriebe
festgenommen. Im KZ Esterwegen hatte ihn ein Aufseher
mit dem Gewehrkolben krumm geschlagen, seither plagten ihn ständige Rückenschmerzen. Aber jetzt ging sein
Atem regelmäßig. Salzmann versuchte, den Rhythmus
anzunehmen. Schon im Halbschlaf hörte er seinen Namen rufen. Er richtete sich auf und blickte hinüber zu
Göb, hinauf zu Renner. Sie rührten sich nicht, er mußte
sich getäuscht haben. Er dachte an den kommenden Tag,
die Arbeit in der Maschinenhalle nebenan, wo er Durch-
messer und Außenrand der Zünderköpfe zu prüfen hatte,
die von Häftlingen und Zivilarbeitern an Revolverbän-
ken gefertigt wurden. An den Ausschuß, und wie lange
sich die hohe Quote vor der Kontrolle noch rechtfertigen ließ. Darüber schlief er ein. Aber wie es Erschöpften
für gewöhnlich ergeht, schlief er weder tief noch lang.
Wieder meinte er eine Stimme zu hören, die ihn beim
Namen rief, lauter und flehender als vorhin. Er fuhr hoch,
stützte sich auf einen Ellbogen und flüsterte: Kaspar,

Otto? Sie antworteten nicht. Ihm stockte der Atem bei der Vorstellung, daß jemand weit weg seinen Beistand suchte. Wer, wenn nicht Juliana, die in Lebensgefahr schwebte. Oder war es doch nur Einbildung, Überreizung der Nerven. Er schob den harten Keil unter seinem Kopf zurecht, drehte sich zur Wand und beobachtete, wie sich das Muster der Stäbe allmählich auflöste. Er nickte ein, wenn auch nur für Minuten. Seine Träume waren halbe Gedanken. Wie mager sie geworden ist. Daß sie mir noch einmal die Gemeinschaft anbietet. Wenn ich ausgeschlafen habe, findet sich eine Lösung. Sie darf nicht zugrundegehen. Er schlief weiter, wachte vor Lärm auf: als ob sein Name zum dritten Mal ertönte, überdeutlich bis zum letzten Vokal, der leise versank. Da wußte er, daß es kein Wiedersehen gab. Er setzte sich auf und schlug die Hände vors Gesicht. So fanden ihn Göb und Renner, als die Zuchthausglocke zur Tagwache schrillte.

Auch dann wäre Hugos Erwachsenenleben anders verlaufen: Wenn sein Vater zu ihm gesagt hätte, nun erzähl du mal. Wie es dir ergangen ist. Weil ich wissen will, was ich alles versäumt habe. Die Briefe ins Zuchthaus waren ja nicht dazu bestimmt gewesen, ihn mit zusätzlichen Sorgen zu belasten. Außerdem durfte Salzmann in Butzbach nur alle sieben Wochen einen Brief schreiben, drei Briefe in Empfang nehmen, und seine Schwester in Kreuznach und seine Schwägerin in Stainz waren übereingekommen, sich das Schreiben aufzuteilen; die eine kümmerte sich um ihn, die andere um Juliana. Es bedurfte langwieriger

Absprachen, wenn sie von dieser Übereinkunft abwichen, weil Hugo seinem Vater zum Geburtstag gratulieren, Tilla seiner Mutter ein Päckchen schicken wollte. Und ganz selten wurden auch Briefe zwischen Butzbach und Ravensbrück gewechselt. »Meine liebe herzensgute Juliana!« – »Lieber guter Hugo!« Einmal verwechselte ihr Sohn in der Eile die Briefe an seine Eltern, so daß die Mutter die für den Vater bestimmte, dieser die an sie gerichtete Nachricht erhielt, worüber beide, wie sie in ihren nächsten Briefen schrieben, herzlich gelacht hätten. Ein anderes Mal war sein Vater unzufrieden damit, daß ihm Hugo einen Apfelbaum mit einem roten statt mit einem braunen Stamm gemalt hatte. Ein drittes Mal schrieb er: »Sollten wir uns nie wiedersehen, mein Herzensjunge, dein Vater war kein schlechter Mensch. Er wollte nur das Gute.« In seinem vierten Schreiben, schon aus Butzbach, entschuldigte er sich bei seiner Schwägerin dafür, den Jungen mit diesen Sätzen geängstigt zu haben.

Was würde Hugo erzählt haben, wenn sein Vater ihn dazu ermuntert hätte. Daß Ernestine bald nach seiner Ankunft aufs Gemeindeamt gerufen wurde. Man sei nicht eben erbaut darüber, eröffnete ihr der Bürgermeister, und es habe auch schon Beschwerden in diese Richtung gegeben, daß sie den Buben ihrer Schwester zu sich genommen habe. Sie werde ja einen guten Einfluß auf ihn ausüben, und auch die Umgebung wolle das Ihre dazu beitragen, daß die verderblichen Anlagen nicht zum Durchbruch gelangten, aber trotzdem, der Ruf der Gemeinde stehe auf dem Spiel. Noch dazu, wo sie als öffentlich Bedienstete besondere Verantwortung trage. Es sei schon die Forderung erhoben worden, ihr die Stelle als Badewärterin zu entziehen. Auch weil sie Nichtschwimmerin sei, wie er erst unlängst erfahren habe. Aber das nur nebenbei und grundsätzlich. Weswegen er sie eigentlich herbestellt habe, man benötige einen Ariernachweis ihres Neffen. Bei diesem Vaternamen. Dringend. Und wie gesagt, daß ihm keine Klagen kämen. Angesichts der Weltlage, um Deutschlands Feinde niederzuringen, wozu jeder sein Scherflein beitragen müsse.

Wir verstehen uns, Frau Fuchs. Ihr Mann leistet ja auch Dienst am Vaterland, mutig an vorderster Front. Wir wollen ihm doch nicht in den Rücken fallen.

Mit Hilfe von Tante Tilla, die beim Standesamt Bad Kreuznach die Geburtsurkunden von vier Generationen der Familie ausheben ließ, gelang es Ernestine, den Nachweis von Hugos arischer Abstammung zu erbringen. In der Zwischenzeit war sie schon wieder vorgeladen worden, diesmal vom Ortsgruppenleiter Reinfuß, der ihr vorhielt, ihre Aufsichtspflicht sträflich zu vernachlässigen. Es gab nämlich einen französischen Zwangsarbeiter in der Gemeinde. Er war dem Bauern Weber zugeteilt worden, dessen Hof nur dreihundert Meter vom Badegelände entfernt war, und Hugo leistete ihm oft Gesellschaft, in Webers düsterem Hausflur, in dem der Franzose seine kargen Mahlzeiten einnehmen mußte. In der vertrauten Sprache ließ sich das Heimweh des einen, die Elternsehnsucht des andern leichter ertragen, wenigstens für die Dauer ihrer Begegnungen, die Weber zunehmend mißfielen, weswegen er Meldung erstattete, daß sie bei jeder Gelegenheit zusammensteckten und sich in diesem unverständlichen Kauderwelsch miteinander unterhielten. Daraufhin ordnete Reinfuß an, daß Hugo den Kontakt zu dem Franzosen mit sofortiger Wirkung zu unterlassen habe, andernfalls setze es Konsequenzen.

Unter den angedrohten Folgen konnte sich Ernestine nichts anderes vorstellen, als daß man ihr Hugo wegnehmen und zu seiner Mutter ins Konzentrationslager stecken würde. Bei der geringsten Verfehlung, wie der Ortsgruppenleiter gesagt hatte. Sei vorsichtig, sagte sie zu Hugo. Paß auf. Red nicht zurück. In der Schule zum Beispiel, wo er im Fach Gesang mittlerweile von Wilhelmine Pahor unterrichtet wurde, der forschen, mit einem Rohrstock bewaffneten Gattin eines ss-Offiziers, die ihn für einen notorischen Störenfried hielt. Zweimal schickte sie ihn mitten im Unterricht nach Hause, wobei sie ihm nachrief, er brauche sich nie wieder blicken zu lassen, sie werde umgehend dafür sorgen, daß er von der Schule verwiesen werde. Weil er, behauptete sie beim ersten Mal, im Klassenchor absichtlich falsch gesungen habe. Unter normalen Umständen hätte Ernestine die Frau ausgelacht. Nun war sie gezwungen, Pahor anzuflehen, die Sache auf sich beruhen zu lassen. Überhaupt, dieser ständige Zwang zum Bitten und Betteln. Die innere Unruhe, die sich ihrer bemächtigte, sobald ein Gendarm oder einer von den

Nazibonzen in der Badeanstalt auftauchte. Die demutsvollen Anredeformen immer. Frau Fachlehrer. Herr Oberlehrer. Herr Inspektor.

Andererseits war sie auch aufsässig. Der Hitlergruß kam ihr nie über die Lippen, egal, wie oft Reinfuß sie deswegen zur Rede stellte. Als gegen Kriegsende im Sägewerk Hofer, ganz in der Nähe, italienische Kriegsgefangene einquartiert wurden, händigte sie Hugo einen Topf mit gekochten Erdäpfeln aus: Die bringst du ihnen jetzt. Sind ja arme Teufeln. Und wenn die wohlhabenden Badegäste sich untereinander erkundigten, wohin man denn diesmal oder nach dem Endsieg auf Urlaub fahren werde, gab sie ungefragt zur Antwort: Mit dem Arsch übers Leintuch. Nach außen, sagt Hugo, hat sie sich nichts anmerken lassen. Aber daheim hat sie oft generverlt. Vielleicht hat es ihr geholfen, daß sie immer viel zu tun hatte. Heilkräuter sammeln im Sommer, für die Wannenbäder. Während der Badesaison, von Mitte Mai bis Anfang September, den Wasserstand im undichten Becken kontrollieren. Bei Pegelabfall die Schleuse an der Zuleitung vom Stainzbach öffnen, bei Gewitterregen sofort wieder schließen. Jeden Morgen das Laub abschöpfen, jeden Abend die Kabinen kehren. Die Eintrittskarten verkaufen, die Badewiese mähen, die Holzliegen einlassen, die Fliesen im Bassin mit Bürste und Schwamm sauberreiben. Nicht einmal ein Schlauch wurde ihr von der Gemeinde genehmigt. Freigiebig waren ohnehin nur die Leute, die ebenso arm oder noch ärmer waren als sie. Frau Amreich zum Beispiel, die mit ihren Söhnen auf einer Anhöhe am westlichen Ortsrand lebte, in einem kleinen Haus inmitten eines ausgedehnten Kirschgartens, in dem Hugo so viele Früchte – gelbe, knackige, erinnert er sich – pflükken durfte, wie er wollte. Die Amreich, auch so ein Kommunistenweib, hörte er sagen. Nicht genug, daß sie zwei Kinder, aber keinen Mann hat.

Einmal, ein einziges Mal, kam Peter Fuchs auf Heimaturlaub nach Hause. Ein großer, stattlicher Mann, ein Jahr jünger als Ernestine, dessen Augen sich lange nicht an das Sonnenlicht und an das Grün ringsum gewöhnten. Statt sich von den Strapazen zu erholen, arbeitete er von früh bis spät in seiner Tischlerwerkstatt. Oft ging ihm Ernestine abends noch zur Hand. Was er vom Krieg im hohen Norden erzählte, klang wie der Bericht eines Leidbesessenen. Männer, die bei klirrender Kälte und hohem Seegang an die Masten gebunden wurden, weil unter Deck kein Platz für sie war. Andere Männer, die zu Hunderten ins Maschinengewehrfeuer liefen, gehorsam und aus Überzeugung. Tote Männer, denen in Windeseile, ehe sie steifgefroren waren, die Stiefel und Uniformröcke vom Leib gezogen wurden. Am Abend vor seiner Abreise, als sie gemeinsam vors Haus gingen, zeigte Hugo auf das leere Schwimmbecken: Onkel Peter, so spring doch. Vielleicht brichst du dir ein Bein. Peter Fuchs sprang nicht, sondern kehrte zu seiner Kompanie zurück. Ernestine hatte ihm aus Schafwolle eine Sturmhaube gestrickt, mit kleinen Schlitzen für Augen, Mund und Nase. Aber dann wurde er vom Polareis in die Hitze Griechenlands versetzt. Von dort schickte er eine Schachtel mit Feigen und Rosinen nach Hause, die Hälfte von ihnen wurde für Juliana abgezweigt. Um die Portogebühren zu sparen, verwendete Ernestine für die Pakete an ihren Mann mehrmals dieselbe Briefmarke: Sie überzog sie mit einer feinen Schicht Kerzenwachs, so daß der Poststempel keine Spuren auf der Marke hinterließ, die er vorsichtig ablöste und seinem nächsten Feldpostbrief beilegte. Siehst du, sagte Ernestine zu Hugo. Wer den Kopf anstrengt, braucht den Beutel nicht aufzumachen.

In den ersten beiden Jahren, die er in Stainz verbrachte, hatte es immer ein paar Kinder gegeben, die ihn verspotteten oder ihm nach der Schule auflauerten. Weil er anders war, weil er zuwenig anders war als sie. Es verblüffte ihn, daß ihm gerade der Sohn des Bürgermeisters, Gustl Krois, seinen Schutz anbot. Aber er brauchte keinen Schirmherren, wehren wollte er sich schon selber. Außerdem hatte er sich bald Freunde gefunden. Günther Zaller zum Beispiel, einen Buben aus der Nachbarschaft, mit dem er gern Schach spielte. Zaller führte ihm vor, wie man im Stainzbach, in den ausgewaschenen Höhlen unter den Wurzeln der Erlen, mit der Hand Forellen fängt. Am engsten fühlte sich Hugo den Mitschülern verbunden, die es infolge der Kriegswirren ebenfalls nach Stainz verschlagen hatte. Auch sie galten den Alteingesessenen als nicht zugehörig. Die Geschwister Weinrich aus Siebenbürgen (das Mädchen, mit dem schön geflochtenen Haarkranz), der kleine rundliche Dušan Blauensteiner aus Jugoslawien. Nachdem eine Einheit der Waffen-ss in der Schule Quartier genommen hatte, wurden die Kinder im Gastzimmer des Rösslwirts unterrichtet, von Hilfslehrerinnen, deren pädagogisches Geschick sich im unverbrüchlichen Glauben an den Endsieg erschöpfte. Die Leistung der Schüler wurde am Gewicht der Heilpflanzen bemessen, die sie für die Frontsoldaten zu sammeln hatten: Spitzwegerich und Huflattich, Himbeerblätter, Lindenblüten. An wolkenlosen Tagen wußten sie schon auf dem Weg zum Gasthaus, daß der Unterricht entfallen würde: Um acht war Einlaß, bald darauf heulte die Sirene, schnell, schnell, hieß es, rennt nach Hause. Dann war auch schon das Dröhnen der Bomberverbände zu hören, die von Südwesten her in das obersteirische Industriegebiet oder nach Graz flogen. Dort kam, durch den Luftdruck einer Detonation, die blonde Lieselotte Hofer aus der Stainzer Mühle ums Leben, die Hugo im stillen sehr verehrt hat. Auch er hatte sich öfter in Graz aufgehalten. Einmal mit gebrochenem, stümperhaft eingerichtetem Arm im Krankenhaus, wo er durchs Gangfenster die Lichtkegel der Scheinwerfer sah, die den Nachthimmel nach Flugzeugen absuchten, sonst bei seiner Tante Lisa in der Villa Leechwald. Die von ihr umschwärmte Gräfin Attems schenkte ihm ein paar Bilder mit Stainzer Motiven. Der alte Gemeindekotter. Das halbverfallene Stieblerhäusl, das ihr in seiner Armseligkeit pittoresk erschienen war. Das flammende Rot des Klatschmohns,

Hugos Lieblingsgewächs. Weil es so zart ist und so eine herrliche Farbe hat, wie er sagt.

Von Waffen und Munition war er genauso fasziniert wie die anderen Buben in seinem Alter. Es gefiel ihm, wenn es wo knallte, und den einzigen Luftkampf über Stainz, am Palmsonntag vierundvierzig, verfolgte er mit der gleichen Leidenschaft, mit der er beim Schubeln oder Kreuzerpecken mitmachte. Nur war ihm klargeworden, daß es selbst mit seinen Freunden kein blindes Verstehen gab. Was bei ihnen Furcht und Abscheu hervorrief, bedeutete ihm Hoffnung und Freude. Bei Fliegeralarm lief er auf eine Wiese hinter dem Schloß, warf sich ins hohe Gras und beobachtete durch den Feldstecher, den der alte Oberst seiner Tante geschenkt hatte, die Bombengeschwader und Jagdflieger am Himmel. Im Mai kreiste eine schwere viermotorige Maschine über der Ortschaft, versuchte auf einem Feld notzulanden, krachte in ein Waldstück. Hugo traf als einer der ersten am Unfallort ein. Zwischen brennenden Wrackteilen sah er einen Schwarzen verkehrt herum im Baum hängen. Er stellte sich vor, daß der Mann lebte, daß er ihn tiefer in den Wald schleppte, dann in einem Heuschober versteckte, wo er ihm heimlich zu essen brachte und die Wunden versorgte, bis er ihn auf einem nächtlichen Gewaltmarsch weit hinein in die Berge führte, zu den Partisanen, die von denselben Leuten, die sich an seiner Gegenwart stießen, als Dreckschweine, Vaterlandsverräter, heimtückische Mörder bezeichnet wurden.

Je länger der Krieg dauerte, um so enger wurde es im Badhaus. Zuerst suchte Hugos Tante Anna aus Wien bei ihnen Zuflucht, dann sein Onkel Franz, der bis dahin in Graz gelebt und es irgendwie geschafft hatte, sich sowohl der Einberufung zur Wehrmacht als auch der Dienstverpflichtung in einem Rüstungsbetrieb zu entziehen. Anna brachte ihr Kind mit, den kleinen Kurti. Sie war nett, sagt Hugo, aber furchtbar konfus. Einmal trat sie, aus reiner Zerstreutheit, ein Katzenjunges tot. Schwierig gestaltete sich das Zusammenleben mit dem Junggesellen Franz. Er war unleidlich, rücksichtslos, auf den eigenen Vorteil bedacht. Ein mieselsüchtiger Querulant, dessen einziger Beitrag zum Gemeinwohl darin bestand, daß er Abend für Abend am Radio den Londoner Rundfunk einstellte. Hugo erinnert sich an den Augenblick, an dem sie in der Küche, bei verriegelter Tür hörten, daß die Alliierten in der Normandie gelandet waren. Wir waren begeistert, sagt er, am liebsten hätten wir uns alle umarmt. Aber wieso bringen die nie was über die Konzentrationslager? Nicht einmal Ernestine wußte darauf eine Antwort. Auftrieb hatte ihnen ein Brief aus Sachsen gegeben, von einer gewissen Paula Weigel, »ich soll Sie von Juliana herzlich grüßen lassen«, schrieb sie im Sommer 1943 an Ernestine, »ich war mit ihr zusammen im Lager«. Wenn sie entlassen wurde, warum nicht auch Juliana, dachte Ernestine und fragte ihren Bruder, den Zollsekretär: Luis, kannst du nicht was machen fürs Julerl? Dann würde ich ja noch meinen Posten verlieren, erwiderte er.

Was ich nicht begreife, sagt Hugo, der das Gespräch in der Küche mitangehört hatte: Warum Tini mir nie gesagt hat, Hugo, schreib doch du einen Brief nach Berlin. Vielleicht hilft's was.

Im Grunde wußte er nichts über die Zustände in Ravensbrück, außer daß die Frauen dort hungerten, andernfalls hätte seine Mutter nicht ständig um Haferflocken, Fett, Zwiebeln, Zitronensäure, Marmelade, Äpfel, Buchteln mit Powidl oder Kletzenbrot gebeten, »ich bin für alles sehr dankbar«. Immer noch war ihre Schrift schwungvoll, ihr Lebensmut ungebrochen, ihre Hoffnung stark, bis Herbst, in diesem Jahr, im nächsten Jahr, zu Hugos nächstem Geburtstag freizukommen. Immer noch sorgte sie sich um seine Gesundheit, die Zähne, den Magen, die Fingernägel, freute sich über seine Zeichnungen, fragte ihn nach seinen Kätzchen, wie es um seine Seidenraupenzucht stehe und ob er wohl Gelegenheit habe, sein Französisch aufzufrischen. Sie stellte ihm in Aussicht, ihn später einmal, wenn alles vorüber wäre, auf eine Mittelschule zu schicken, und mahnte ihn, den Verwandten im Altreich und Frau Knobel in der Schweiz zu schreiben, der treuen Seele, die ihn mit Büchern, Spielsachen, einer Füllfeder bedachte. Julianas Enttäuschung einmal, als sie einen Brief nur von Ernestine erhalten hatte, ihr Rat, die Pakete zu numerieren, weil sich herausstellte, daß jedes dritte unterschlagen oder geplündert wurde.

Um zu begreifen, wie es um sie stand, hätte er fähig sein müssen, zwischen den Zeilen zu lesen. »Mir geht es so, den Kopf lasse ich nicht hängen, habe hier einen lieben Menschen, wir verstehen uns gut, so erträgt man das Schwerste.« Den harmlosen Wörtern zu mißtrauen, zum Beispiel dem Wort Stube – Juliana habe zuletzt in der Nähstube gearbeitet, hatte Paula Weigel geschrieben, und zwangsläufig erschien Hugo das Bild eines warmen, behaglichen Zimmers. Die Träume seiner Mutter zu enträtseln, sie weiterzuträumen, »ich verlor 2 Zähne und war bei Euch daheim, bei einer Beerdigung, überall Trauerkleidung«, »oft träume ich vom Schloß, oder ich bin im Tannenwald, einmal habe ich Schwarzbeeren gepflückt und immer so Zeug, das kommt weil ich viel denke«, »ich habe von Anny geträumt, sie war krank und ich habe sie gepflegt«, »ich hatte einen schönen Traum, die Sonne schien so hell u. warm, u. ich ging durch grüne Wiesen und kam an einen kl. Bach, u. dort fand ich mein Hugolein. Du hattest eine Badehose an, warst wunderschön braun u. so gesund u. hattest fest an einem kl. Schiff gearbeitet, dann gingen wir zusammen bei hellem Sonnenschein ins Haus. Dort nahmst Du Deine Schultasche u. sagtest, glaubst Mutti ich wollt dümmer sein als die andern, dabei wurde ich wach. Ich hatte eine große Freude.«

Neben dem Herd in der Küche stand eine Holzkiste mit zwei Fächern und einem Deckel, das eine Fach war für Brennholz, das andere für Braunkohle, und Hugo saß auf der Kiste, schaute von einem Buch auf und sah seine Tante rastlos umhergehen, vom Herd zum Tisch, wo sie ein paar Krümel in die hohle Hand wischte, vom Tisch zum Schlüsselbrett neben der Tür, durch die Tür auf die Veranda, von der Veranda in den Heizraum, um Wasser für ein Wannenbad einzulassen. Nach einer Weile kam sie zurück, kehrte ihm den Rücken zu, hängte den Kabinenschlüssel wieder an das Brett, schluchzte und fuhr sich mit dem Schürzenzipfel übers Gesicht.

Was ist denn, Tini, was hast du, weinst du.

Da drehte sie sich um, blickte ihn an, sagte etwas, brach in Tränen aus, lief zu ihm und drückte ihn fest an sich.

Stainz, 25. Jänner 45

Lieber Schwager Hugo!

Tante Tilla sandte uns Deinen Brief mit den Geburtstagswünschen für Hugo, seine Mutti hat ihm im November noch gratuliert, es war das letzte Brieflein von ihr. Wir erhielten am 10. Jänner die Nachricht, daß unsere arme Juliana am 6. Dezember 8 h abends an »Bauchtyphus« starb. Wie furchtbar uns diese Nachricht traf, lieber Hugo, wirst Du auch fühlen, und welch tiefe Wunde in unserer Familie dadurch gerissen wurde, daß wir auf solche Weise unser Schwesterherz verlieren mußten, kannst Du wohl denken. Es ist für uns alle so wie auch für Dich unfaßbar zu denken, daß Juliana nie noch kommt; 4 Jahre hat die Arme durchgehalten und auf einmal ging es nicht mehr, so viel habe ich ihr immer geschickt, alles Mögliche, um sie gesundheitlich aufzuhalten; es war umsonst. Auch Hugo leidet so sehr darunter, daß seine Mutter nie mehr kommen soll, er sagt immer ich kann es nicht glauben, furchtbar für uns alle, lieber Schwager. In ihrem letzten Brief vom November schrieb sie noch, ich solle doch mal anfragen, was mit Dir los sei, sie hatte so sehnsüchtig auf ein Brieflein von Dir gewartet und es kam keines. Sie ließ Dich im letzten Brief noch herzl. grüßen u. küssen, sollst gesund bleiben und sie freut sich auf ein Wiedersehen. Am 23. Nov. meldete sie sich krank, und am 6. Dez. starb sie. So war sie 14 Tage krank und man hatte keine Ahnung. Wie muß die Arme seelisch gelitten haben! Sie schrieben uns, daß Juliana keinen letzten Wunsch mehr hatte. Ob ich das glauben kann, weiß ich nicht. Juliana wurde eingeäschert und ich bat die Verwaltung, die Urne im Urnenfriedhof beizusetzen, um daß Hugo das Grab seiner Mutter, wenn es einmal sein wird, jederzeit auffindet. Habe bis jetzt noch keine Antwort erhalten. Sag lieber Schwager, hat die Lagerverwaltung Dich verständigt? Ihre Sachen, schrieben sie, werden an den »Erbberechtigten« abgesandt. Ich weiß nicht, an Dich od. das Kind, lieber Schwager. Über das Kind mache Dir keine Sorgen. Ich vertrete schon 4 J. Mutterstelle an Hugo. Ich habe ihn sehr lieb. Er ist gerne bei mir. Auch er hat mich schon lieb gewonnen, so wird er es ein bißchen leichter tragen, es ist doch seine 2. Heimat und Juliana ihr Wunsch war es ja damals, daß ich Hugo nehme, und ich habe es getan und ich bin froh, ihr diesen Wunsch erfüllt zu haben, damit Hugolein nicht in fremde Hände mußte, denn das wäre für das arme Kind noch furchtbarer. Daß Du jetzt nur alle 4 Monate schreiben darfst, ist wohl lange. Ich habe auch an Tante Tilla die tieftraurige Nachricht geschrieben, sie soll es allen anderen auch schreiben den Großeltern damit dieses Unglück alle wissen, denn ich kann nicht es ist mir so schwer, mein Herz blutet über dieses furchtbare Leid welches über uns gekommen ist. Wir haben nur einen Wunsch, daß jetzt Du gesund bleibst, damit Hugo wenigstens einen Teil seiner Eltern hat. Sollte auch Dir etwas noch zustoßen, dann weiß ich, daß Euer Kind immer in Liebe und Dankbarkeit an seine Eltern denken wird und an Euch beide immer denkt lieb und ich gebe Dir das Versprechen in Deiner schwersten Stunde was in unserer Kraft steht von der ganzen Familie alles zu tun, was für das Kind gut ist und aus Hugo einen anständigen, braven tüchtigen selbständigen Menschen zu machen, denn das sind wir unserer Juliana Schwesterherz schuldig. Es war ihr nicht mehr gegönnt, Dich u. Hugolein wiederzusehen, so große Sehnsucht sie hatte auf ein Wiedersehen. Wir alle sind uns nicht klar, warum diese arme Frau 4 Jahre drinnen schmachten mußte, und es drückt uns alle furchtbar, weil wir sie so viele Jahre nicht mehr sehen und sprechen konnten. Unserem alten Vater haben wir bis jetzt nichts gesagt, wir wollen ihm diese Kränkung vorläufig ersparen, denn er ist 84 Jahre alt und auch nicht gut beisammen.

Wie es uns allen ergehen wird, wissen wir lieber Schwager auch nicht. Die Zeit ist so ernst u. furchtbar, wer weiß, ob wir in diesem entsetzlichen Krieg noch am Leben bleiben. Der überstanden hat, ist glücklich. Arm sind nur die Hinterbliebenen. Ich weiß von meinem Mann auch nichts. Auch meine Schwester Anni nichts von dem ihrigen, Deine Schwester Tilli ist ausgebombt, hat keine Wohnung mehr, so gibt es nur Elend wo man hinschaut. So lieber Schwager hab ich Dir alles geschrieben, was ich Dir schreiben mußte, sei stark Deinem Kind zuliebe, ich weiß, die Nachricht wird Dich erdrücken, aber Kopf hoch, wenn Du wieder schreiben darfst, dann schreibe auch mal an Dein Kind. Wir dürfen auch keine Briefe mehr schreiben, nur Karten. Bleibe gesund, von uns allen herzl. Grüße Deine Schwägerin Ernestine

Vielleicht war es für Hugo hilfreich, daß sich in der Familie Schmerz auf Schmerz häufte: So ließ sich der eigene leichter ertragen. Einen Monat nach der Todesnachricht aus Ravensbrück erhielt Ernestine die Verständigung, daß ihr Mann den Heldentod gestorben sei, neben einem Kukuruzhügel ein paar Kilometer außerhalb der Stadt Esseg, wie sie später erfuhr. Kurz davor oder danach fiel auch ihr Bruder Friedl auf dem Feld der Ehre, das sich in seinem Fall irgendwo in Ungarn oder Rumänien befand. Und im Jahr darauf, ein paar Monate nach der Beerdigung Josef Sternads, wurde Luis von einem Überläufer aus

Jugoslawien erschossen, während er im Zollhaus dessen Personalien aufnahm.

Hilfreich auch, daß plötzlich alles durcheinanderkam. Am Morgen des 4. Mai sagte die Lehrerin Mlekuz noch, Kinder, ich muß euch eine traurige Mitteilung machen, der Krieg ist verloren. Geht still nach Hause. Am Vormittag des fünften waren die Männer vom Volkssturm damit beschäftigt, an der Stainzer Brücke Panzersperren zu errichten, wozu sie entrindete Fichtenstämme mitten in die Fahrbahn schlugen. Zu Mittag hefteten sie auf Befehl des Ortsgruppenleiters Plakate an die Stämme, auf denen vor den bolschewistischen Horden gewarnt wurde, und am frühen Nachmittag setzte sich Reinfuß in seinen vollgepackten DKW, der nicht ansprang, weshalb er die Koffer, fluchend, auf einen Pferdewagen umladen mußte. Dann kletterte er auf den Bock, schnalzte mit der Peitsche und verließ Stainz in westlicher Richtung. Hinter ihm her, die Funktionäre und ihre Familien, die Gendarmen, auch Leute, die sich nie den Nazis angebiedert hatten. Aber ihre Angst, vor Vergeltung.

Egal was kommt, sagte Ernestine, wir bleiben da.

Was hätten sie auch anderes tun können, mit dem blinden altersmüden Großvater.

Am 9. Mai, um ein Uhr mittags, tauchte der erste Rotarmist in Hugos Blickfeld auf. Er war barhäuptig, steckte in einer senffarbenen Jacke, trug Stiefel, hielt ein Sturmgewehr mit rundem Magazin schußbereit in den Händen, bewegte sich leicht geduckt auf den Jungen zu, der auf der Veranda stand, und lief an ihm vorbei ins Haus. Hugo folgte ihm. In der Küche waren sie alle versammelt: Ernestine, Anna, Kurt, Franz und der alte Großvater. Der Soldat sah sie der Reihe nach an. Dann ging er auf Josef Sternad zu, der als einziger auf der Bank saß und wie immer lächelte, lupfte den löchrigen Hut, als ob er sich vergewissern wollte, daß darunter nichts verborgen war, setzte ihn dem Blinden behutsam wieder auf, trat ans Radio, betrachtete es aufmerksam, drang in das Schlafzimmer vor, warf durch die offene Tür einen Blick in Sternads Kammer und machte kehrt. Ernestine und Hugo hinter ihm her. An der Holzstiege neben dem Heizraum deutete er ihnen, sie sollten vorangehen, hinauf auf den Dachboden, wo viel Gerümpel herumstand, Kisten, Stühle und Tafeln aus den Beständen der Nationalsozialistischen Volkswohlfahrt, die im Nebentrakt des Hauses einen Kindergarten betrieben hatte. Nachdem er sich überzeugt hatte, daß sich außer ihnen niemand auf dem Boden aufhielt, mußten sie wieder hinabsteigen, er folgte ihnen, Stufe für Stufe, dann lief er weg, wortlos und in die gleiche Richtung, aus der er gekommen war.

Der zweite Rotarmist in Hugos Leben war ein Major und sprach deutsch. Er versicherte Ernestine, ihnen würde kein Haar gekrümmt, sollten sie aber Grund zur Klage haben, dann dürften sie nicht zögern, ihm den Vorfall zu melden. Nach ihm kamen Scharen von Soldaten ins Bad, auch Frauen. Sie zogen die Uniformen aus und wateten mit aufgekrempelten Unterhosen durch das seichte Wasser. Hugo sah die Narben an Armen und Beinen, von den Wunden, die Granatsplitter gerissen hatten. Er wäre gern mitgegangen, als sie tagelang, in dichten Postenketten, das Gebiet um Reinischkogel und Rosenkogel durchstreiften, auf der Suche nach den geflüchteten Nazis. Oft erwischten sie nur junge Burschen, frühe Heimkehrer und späte Deserteure, die sich in den Wäldern versteckt hatten, aus Furcht, andernfalls festgenommen und nach Sibirien verschickt zu werden. Aus den umliegenden Weilern und von Einzelgehöften drangen Gerüchte nach Stainz, von Plünderungen, Mißhandlungen, Vergewaltigungen, und daß die Russen den gesamten Vorrat an Schilcher und Schnaps ausgetrunken hätten, was die Einheimischen besonders zu erbittern schien. Hugo zeigte den Soldaten die Stellen im Bach, an denen die meisten Forellen standen. Nachdem er sich hinter einen Baum geduckt hatte, schleuderte einer der Männer eine Eierhandgranate ins Wasser. Sekunden später stieg eine Fontäne hoch, gleich darauf trieb ein Dutzend Fische tot an der Oberfläche. Jetzt war es an Hugo, sie einzusammeln und, durch die Kiemen, an einem Haselnußstecken aufzuspießen. Die Forellen, die auf den Grund gesunken waren, durfte er sich behalten. Er tauchte nach ihnen, warf sie ans Ufer, dann trug er sie, im Latz seiner Lederhose versteckt, nach Hause. Als er um die Ecke bog, sah er einen Sowjetsoldaten auf dem Fahrrad davonfahren, das er von seinem Onkel Peter geerbt hatte. Er lief ihm hinterher, aber der Mann war schneller. Der Major, bei dem er sich beschwerte, stellte ihm ein neues, ein schöneres, ein echtes Puchrad in Aussicht. Bevor er noch sein Versprechen einlösen konnte, zog die Rote Armee ab. Nach ihr kam ein Trupp britischer Soldaten. »In etwa einer Woche zogen auch sie ab«, schreibt Hans Wilfinger im ›Neuen Stainzer Heimatbuch‹. »Ein kleines Kommando blieb noch einen Monat in Stainz und dann war man wieder ganz unter sich, der Krieg war endgültig aus und die Arbeit konnte beginnen.«

Die Arbeit zum Beispiel, Heidenkinder zum christlichen Glauben zu bekehren. Der Pfarrer, sagt Hugo, hat gewußt, daß meine Mutter im kz ist. Er hat nie was gesagt, nie was getan, sich nie nach ihr erkundigt, uns nie ermutigt oder getröstet, nachher, als wir von ihrem Tod erfahren haben. Dabei hat er Juliana von früher her gekannt. Aber kaum waren die Russen weg, schon hat er sich an Tini herangemacht: Der Bub muß getauft werden!

Tut mir leid, Hochwürden, sagte Ernestine, ich bin nicht berechtigt, so was zu genehmigen. Das geht nur Hugos Vater was an, und ich bin sehr im Zweifel, daß er es will.

Aber zu Hugo sagte sie: Besser, du gehst ab jetzt in den Religionsunterricht. Damit du dir keine Probleme einhandelst. Sonst sitzen uns die Schwarzen ewig im Genick.

Der Religionslehrer, Dechant Hierzer, war ein jähzorniger junger Mann. Jeden Montagmorgen sagte er, wer gestern nicht im Gottesdienst war, soll aufstehen, und jedesmal erhoben sich Hugo, Oskar Weinrich und Dušan

Blauensteiner schwerfällig von ihren Stühlen, grinsten oder verdrehten die Augen.

Unsere drei Taugenichtse. Schaut sie euch gut an, schrie Hierzer. Aus denen werden einmal Verbrecher!

Hugo erzählte seiner Tante vorerst nichts von dieser Stainzer Montagsliturgie. Er fand, sie habe wegen ihm schon genug mitgemacht, und eigentlich sei er alt genug, Hierzers Attacken zu parieren. Oder auch hinreichend begabt, um die Prognose des Dechanten in der Gegenwart einzulösen, mittels Niespulver, das er ihm heimlich aufs Pult blies.

Sie wußten lange nicht, ob sein Vater noch am Leben war. Tilla hatte sich gleich nach der Befreiung bemüht, sie zu verständigen, ich weiß von Hugo, er ist auf dem Weg nach Hause. Das nächste Mal, mein Bruder ist glücklich in Kreuznach eingetroffen, seine Anschrift ist vorläufig Hochstraße 31, dies für den Fall, daß ihr noch nichts von ihm gehört habt. Aber ihre beruhigenden Nachrichten waren ebenso verlorengegangen oder im Netz der alliierten Zensurstellen steckengeblieben wie Ernestines bange Anfragen alle paar Wochen, warum ihr Schwager sich noch nicht bei ihnen gemeldet habe. Denn es dauerte über ein Jahr, bis sie endlich einen Brief von ihm erhielten. Seinen dritten, wie er beteuerte, in den beiden anderen habe er erfragen wollen, was Hugo an Wäsche und Schuhe unbedingt nötig habe, und sein Kommen in Aussicht gestellt. Gewiß sei es jetzt nur noch eine Frage von Tagen, bis er die Reise endlich antreten könne. »Liebe Ernestine, Du kannst mir glauben, mit welcher Sehnsucht ich den Moment herbeisehne, mit meinem Jungen nach so vielen Jahren mich wieder zu finden.« Und an Hugo schrieb er: »Ich hoffe, daß die Militärregierung mir bald den Paß gibt, dann fahre ich sofort, hab noch etwas Geduld, gell mein Junge. Lerne noch fleißig. Du kannst hier Zahntechniker werden. Das hab ich schon geregelt.«

Hugo hielt das Foto, das sein Vater mitgeschickt hatte, lange in der Hand. Dann lehnte er es vor sich an das Wasserglas, in dem ein Wacholderzweig steckte, und beeilte sich, den Brief mit einer Ansichtskarte zu beantworten, auf der er das Freibad mit einem Kreuz bezeichnete. »Lieber Vati! Von Graz heraus fahren noch keine Autobusse. Du mußt mit dem Lokalzug bis Preding fahren und dort in die Schmalspurbahn nach Stainz umsteigen. Ich warte schon sehr darauf, daß Du kommst.«

Von nun an lief er jeden Abend um sechs, wenn vom Bahnhof am anderen Ende der Ortschaft der Pfiff der einfahrenden Lokomotive zu hören war, über die Badewiese hinüber zur Kastanienallee, Ausschau zu halten nach seinem Vater, der, müde von der langen Reise, langsam die Straße heraufkommen würde. In seiner Brusttasche steckte das Foto, damit er sich im Ernstfall vergewissern konnte, daß er nicht einem Fremden um den Hals fiel. Aber er brauchte es nie hervorzuholen.

Erst im November sechsundvierzig traf wieder ein Brief von Salzmann ein, daß es ihm unmöglich sei, die Einreisegenehmigung in den britischen Sektor Österreichs zu bekommen. Er wolle jetzt versuchen, für Hugo eine Fahrterlaubnis nach Bad Kreuznach zu erwirken. Auch diese Bemühung war umsonst. Kann sein, daß Salzmann die Sache von Anfang an nicht besonders hartnäckig verfolgt hatte, weil er sich – als Gewerkschaftssekretär und Mitglied des Kreuznacher Bürgerrates – sofort nach seiner Rückkehr aus Butzbach in die Arbeit gestürzt hatte. Um die Versorgung der Einwohner sicherzustellen. Notquartiere für die Flüchtlinge zu beschaffen. Den Besatzungsbehörden so lange lästig zu fallen, bis sie das Kriegsgefangenenlager Bretzenheim mit Feldküchen und Zelten ausstatteten. Die Aufräumarbeiten in einer Stadt zu organisieren, deren Gebäude, wie er nach Stainz schrieb, zu fünfundvierzig Prozent zerstört waren. Die Dienststellen von Nationalsozialisten freizumachen. Die Straßennamen auszutauschen. Eine Sammelaktion für die Opfer des Faschismus zu starten, die über 65 000 Reichsmark erbrachte. Eine zweite Aktion zu planen, für den Wiederaufbau der zerstörten Synagoge. Die vertriebenen Juden ausfindig zu machen und zur Rückkehr einzuladen. Das Krankenhaus St. Marienwörth und das Kolpinghaus Concordia wieder in das Eigentum der Katholischen Kirche zu überführen. »Dazu geht es mir heute wie früher, daß die Menschen, die in Not sind, von früh bis spät meine Hilfe und Unterstützung suchen. Ich gehe morgens weg und komme abends nach Hause. So kannst du dir denken, liebe Schwägerin, daß ich trotz meiner schönen Dreizimmerwohnung und Küche nicht viel davon habe. Ja liebe Ernestine es ist nicht immer gut, eine bekannte Persönlichkeit zu sein. Ich säße lieber im Wald in der Natur in einer einfachen Höhle als in einer schönen Wohnung, wo man vor lauter Menschen kaum Ruhe findet.«

Denkbar, daß ihm die Plackerei, entgegen seiner Behauptung, nicht ungelegen kam. Weil er die zwölf Jahre in der Verbannung und im Zuchthaus wettzumachen hoffte; weil er endlich wieder ein politisches Ziel sah, das vor und nicht hinter ihm lag; weil er, je mehr Verpflichtungen auf ihm lasteten, um so weniger oft um die Leerseite seines Herzens bekümmert war. »Deine arme Mutti. Aber klagen hilft nicht«, schrieb er seinem Sohn.

Andererseits war auch Hugo in einem Zwiespalt befangen. Nachdem seine große Vorfreude enttäuscht worden war, wollte er nicht mehr hoffen, daß der Vater ihn abholen kam. Über kurz oder lang mußte er von Ernestine Abschied nehmen, das wurde ihm klar, und davor hatte er Angst. Er vermochte sich nicht vorzustellen, wie es war, ohne sie auszukommen.

Wenn du keinen Vater mehr hättest, sagte Ernestine einmal, würde ich dich adoptieren. Aber er hat Anspruch darauf, daß du zu ihm kommst. Er braucht dich. Und es war auch der Wunsch deiner Mutter, daß ihr beisammen seid. Denk an das, was sie dir in ihrem letzten Brief, zu deinem zwölften Geburtstag geschrieben hat. Daß Bad Kreuznach deine Vaterstadt ist, eine schöne Heimat, in der ihr gemeinsam leben werdet.

Salzmanns unerwartete Nachricht im Februar achtundvierzig, daß er geheiratet habe und Anfang des Jahres Vater eines Mädchens geworden sei, änderte nichts an diesem Vermächtnis. Möglich, daß Ernestine der Neuigkeit, die sie anfangs befremdet hatte, sogar eine positive Seite abgewann. Jetzt kommt Hugo wenigstens nicht in ein leeres Haus, könnte sie sich gesagt haben. Und er freute sich, wie ein Brief an Familie Scheu erkennen läßt, über den Familienzuwachs. »Wir haben Deine Schwester Juliane genannt, zur Erinnerung«, hatte sein Vater geschrieben. Anfang Juli beendete Hugo die letzte Klasse Hauptschule, damit stand ihm der Weg ins Berufsleben offen, es war also der passende Zeitpunkt, seinen neuen Lebensabschnitt mit dem seines Vaters zu verbinden.

Es blieb nicht aus, daß die Gefährten von früher Salzmanns Weg kreuzten. Zufällig und unerwartet, oder weil sie ebenfalls in provisorischen Regierungsämtern, nach 1947 auch als gewählte Stadträte oder Kreisabgeordnete tätig waren. Oder er traf sie bei Parteiversammlungen, auf Gewerkschaftskongressen, in Sitzungen der Opferverbände. Oder er las von ihnen in der Zeitung. Auf diese Weise erfuhr er, daß sein Gastredner Otto Brenzel ein halbes Jahr nach Kriegsende in Kopenhagen, wo er die Rote Hilfe geleitet hatte, gestorben war. Immerhin, der war den Nazis durch die Lappen gegangen. Auch Hans Marchwitza und Philipp Daub hatten sich retten können, 1941 aus Frankreich in die USA, ehe sie fünf Jahre später nach Deutschland zurückkehrten. Sie ließen sich in der Sowjetischen Besatzungszone nieder, wo Daub bald höhere Funktionen bekleidete, so wie Franz Dahlem und Heinrich Rau, die das KZ Mauthausen überlebt hatten.

Siegfried Rädel war im Mai 1943 im Zuchthaus Brandenburg hingerichtet, Philipp Auerbach zwei Jahre später in Buchenwald befreit worden. Auerbach trat der SPD bei und wurde im September 1946 bayerischer Staatskommissar für rassisch, religiös und politisch Verfolgte, dann Präsident des Landesentschädigungsamtes. Seine ebenso effektiven wie unkonventionellen Maßnahmen zur sogenannten Wiedergutmachung und seine unverblümte Kritik an den Freisprüchen für Naziverbrecher machten ihn schnell unbeliebt. Schon wieder ein Jude, hieß es, der den Deutschen das Geld aus der Tasche zieht. Die Hetzjagd auf ihn gipfelte in einem Strafprozeß, in dem er zahlreicher Betrugsdelikte beschuldigt wurde. Trotz entlastender Zeugenaussagen verurteilte ihn das mit ehemaligen Nationalsozialisten verstärkte Gericht – der Richter, ein Oberkriegsgerichtsrat; einer der Beisitzer, ein SA-Mann; der Staatsanwalt und der psychiatrische Gutachter, Mitglieder der NSDAP – zu zweieinhalb Jahren Haft. In der Nacht nach der Urteilsverkündung starb Auerbach an einer Überdosis Schlaftabletten. Er habe sich niemals persönlich bereichert und könne dieses entehrende Urteil nicht ertragen, schrieb er in seinem Abschiedsbrief.

Schwer zu sagen, wie Salzmann zu dieser Affäre gestanden ist. Er hat den Kameraden aus dem Gefängnis von

Castres geschätzt, das geht aus seinen Aufzeichnungen hervor. Allerdings war Auerbach aus der Vereinigung der Verfolgten des Naziregimes mit dem Vorwurf ausgetreten, sie sei kommunistisch unterwandert. Er hatte sich außerdem gegen eine pauschale Würdigung der Widerstandskämpfer ausgesprochen, weil viele von ihnen – und gemeint waren wieder die kommunistischen – eine andere Form der Diktatur angestrebt hätten.

Auerbachs Parteifreund Alfred Jung, mit dem Salzmann Wehrmachtsunterhosen sortiert hatte, war nach seiner Rückkehr aus Dachau beim Arbeitsamt Idar-Oberstein beschäftigt, Otto Renner aus der Butzbacher Dreierzelle in den Betriebswerken der Gemeinde Friedrichsthal/ Saar, der Gefangenenseelsorger Paul Fechler als Caritasdirektor in der Diözese Koblenz, dann im Bistum Trier, wo er bei einer Verkehrskontrolle einen Gestapobeamten aus Koblenz wiedererkannte, der nun Dienst bei der Polizei machte. Philipp Assmann starb bald nach Kriegsende an den Folgen der Mißhandlungen, die er in Gestapohaft erlitten hatte. Heinrich Kreuz wurde als Bürgermeister der Gemeinde Planig eingesetzt, und es ist gut möglich, daß Salzmann sich bei ihrem Wiedersehen als erstes nach Heinrichs Schwiegermutter erkundigt hat.

Mehr noch als die Nachricht, daß sein vermißter Bruder Karl in Sevastopol an Ruhr gestorben sei, bedrückte ihn das Schicksal der Familie Baruch; bis auf den älteren Bruder der Schwerathleten, der 1938 nach Argentinien geflüchtet war, entging niemand von ihnen der Vernichtung.

Die Mutter kam in Theresienstadt um, die jüngere Schwester in Minsk, die ältere wie Hermann in Auschwitz. 1943 wurde über Julius, der weiterhin Nachwuchsringer der ASV 03 trainiert haben soll, ein generelles Sportverbot verhängt. Noch bewahrte ihn die Ehe mit Klara vor der Deportation. Aber im September vierundvierzig wurde er festgenommen und vier Monate später, nach dem schweren Bombenangriff auf Bad Kreuznach, nach Buchenwald geschafft. Dort starb er wenige Tage vor der Befreiung des Lagers.

Louise Oehl hatte Ravensbrück überlebt. Im Juni 1946 schrieb sie Hugo, daß Juliana ihr und anderen Frauen auf der Lagerstraße jeden seiner Briefe vorgelesen habe. Sie sei so stolz auf ihn gewesen. »Sie war im Lager mehrmals schwer krank, einmal mit Dyphteritis, davon bekam sie Herzbeschwerden und Gelenkrheumatismus, sie hat viel gelitten. Im Dezember, es gab damals im Lager täglich hunderte von Toten (alle am Hungertyphus gestorben), steckte sich Juliana mit Typhus an. Sie lag drei Wochen im Revier, da doch Genossinnen sich um sie sorgten, hatte Juliana immerhin einige Pflege. Ich brachte ihr täglich warmen Tee in einer organisierten Thermosflasche. Essen konnte sie nichts. Einen Tag vor ihrem Tod hatte ich das Glück, daß der sonst streng verschlossene Bau der Infektionskrankheiten offen geblieben war, und so ging ich ins Zimmer zu Deiner Mutter. Sie lag auf einem überzogenen Bett und bat mich um einige Sachen, die ich ihr sofort brachte. Sie hörte bereits schlecht, durch das Fieber war das Gehör angegriffen, aber sie kannte mich, ich habe sie gestreichelt für Dich, habe sie getröstet und ermuntert und sie sagte mir als letzte Worte: Ich bin so froh, daß Du da bist Louise. Und auch ich war in dem Augenblick froh, daß ich da war.«

Lore Wolf war nicht und doch da gewesen: Wie Hugo Salzmann war sie von einem Berliner Senat wegen Vorbereitung zum Hochverrat zu einer langjährigen Freiheitsstrafe verurteilt worden und in Julianas Todesstunde in einer Gefängniszelle aus einem Traum erwacht, vor Schreck, weil etwas zentnerschwer auf ihrer Brust lag, ein unerklärlicher, tiefer Schmerz, wie sie später schrieb. »Als ob jemand verzweifelt um Hilfe gerufen hätte.« Wenn das stimmt, dann wird sie vor allen andern um ihre Tochter gebangt haben, die sie seit ihrer Verhaftung nur einmal gesehen hatte, im Februar vierundvierzig, als Hannelore sie für eine Stunde im Zuchthaus Ziegenhain besuchen durfte. Da war aus dem Pariser Schulmädchen eine junge Frau geworden, die als Stenotypistin in einer Frankfurter Anwaltskanzlei arbeitete. »Keine Umarmung, kein Kuß, nur ein Händedruck war gestattet.«

Kurz vor dem Eintreffen amerikanischer Truppen wurden die gefangenen Frauen von Ziegenhain in Viehwaggons verladen und nach Bergen-Belsen, dann weiter nach Hamburg-Fuhlsbüttel transportiert, wo sie von britischem Militär befreit wurden. Drei Wochen später begann Lore zu arbeiten, als Referentin der Stadtverwaltung Frankfurt und als stellvertretende Leiterin einer Betreuungsstelle für Verfolgte des Naziregimes, denen sie Lebensmittel, Zigaretten und Kohlen verschaffte. Ihre und Hannelores Wohnung in der Günthersburgallee wurde zu einem Treffpunkt für Rückkehrer aus dem Exil und Überlebende der Vernichtungslager. Eine von ihnen muß Ria Apfelkammer gewesen sein, die zuletzt an Julianas Seite war, von wem hätte sie sonst erfahren, wann die Freundin gestorben war und daß ihr allerletztes Wort gleichermaßen dem Mann und dem Kind gegolten hatte: »Hugo war für sie ein Begriff, in dem beide zusammenschmolzen.« Ria Apfelkammer aus München, die nach Ravensbrück gebracht wurde, weil sie einen Kommunisten bei sich versteckt hatte. Zweifelhaft allerdings, ob Lore von ihr auch gehört hat, daß Häftlingsfrauen die Tote mit Blumen schmückten, die sie unter Einsatz des eigenen Lebens besorgt hatten, daß das verstehende Lächeln, das Juliana im Leben so anziehend machte, auf ihrem Gesicht lag. »Die Frauen, selbst zu Skeletten abgemagert und von tiefem Leid gezeichnet, weinten über den Liebreiz der Toten, die so jung aus ihrer Mitte gerissen worden war.« Stellt sich die Frage, ob Lores Darstellung weniger den erinnerten Tatsachen folgt als dem Bedürfnis, das elende Sterben ihrer Freundin aufzuwerten. Und die zweite Frage, was daran falsch wäre.

Es war Lore, die es 1948 auf sich nahm, Hugo endlich seinem Vater zuzuführen. Sie verständigte Ernestine, daß sie im September im Erholungsheim Schloß Elmau, auf der bayrischen Seite des Wettersteinmassivs, Urlaub machen werde, von dort war es nicht weit bis Mittenwald, von Mittenwald ein Katzensprung hinüber nach Tirol, in das Dorf Scharnitz, wo sie auf die Frau und den Jungen warten wollte. Am Sonntag, dem zwölften, im Roten Adler, wenn möglich vor dem Dunkelwerden. Diesmal glückte das Vorhaben. Ernestine und Hugo trafen schon am frühen Nachmittag in Scharnitz ein. Zu dritt saßen sie eine Weile in der Gaststube beisammen. Die gedrückte Stimmung wich einer grundlosen Heiterkeit, dafür sorgte Lore, die es schon in Frankreich verstanden hatte, die Menschen um sie mit ihrem unverwüstlichen Lebensmut anzustecken. Außerdem bestellte sie Wein und schenkte den beiden immer wieder nach, bis ihnen der Alkohol zu Kopf stieg und das Abschiednehmen leichter fiel. Sie umarmte Ernestine, sagte ihr und dem Jungen, daß sie den Kopf nicht hängenlassen sollten, es sei ja keine Trennung für immer, zog Hugo an der Hand fort und marschierte mit ihm zur Grenze. Sie hatte einen Passierschein, der ihr den mehrmaligen Übertritt gestattete, wedelte damit, als sie sich dem Schlagbaum näherten, und unterhielt sich mit den französischen Grenzsoldaten wie mit alten Bekannten, so daß diese gar nicht auf den Gedanken kamen, Hugo nach seinen Papieren zu fragen. Dann waren sie auch schon in der amerikanischen Zone.

Von Lores Wohnung aus telefonierte Hugo zum ersten Mal mit seinem Vater. Er zitterte vor Aufregung, wußte nicht recht, was er sagen sollte, kaum hatte er einen halben

Satz in die Muschel gestammelt, wurde er von Salzmann unterbrochen: Wart einen Augenblick, Maja will dich sprechen.

Maja, eigentlich Maria, das war seine zweite Frau, und ich hab Maier verstanden. Hallo Herr Maier? Lore hat gelacht.

Als wäre das belanglose Mißverständnis der Auftakt zu einem gravierenden Unverständnis gewesen.

Wiedersehenstränen in den Augen seines Vaters, als Lore Hugo in Bad Kreuznach ablieferte. Das schon. Das feierliche Versprechen, immer für ihn dazusein, so daß Juliana, wenn sie noch am Leben wäre, ganz beruhigt sein könnte.

Ein paar Tage lang nahm Salzmann sich tatsächlich Zeit für den Jungen. Er führte ihn durch die Stadt, zeigte ihm dabei auch das Krankenhaus und die Gasse In der Beinde (das ehemalige Wohnhaus, zerbombt), stellte ihn seinen Genossen vor und fuhr mit ihm an den Rhein, über eine Behelfsbrücke ans andere Ufer und dort weiter bis zur Loreley. Seine junge Frau blieb mit dem Kind derweil zu Hause, in der großen Wohnung am Rande der Weinberge, Schöne Aussicht 12, in der ihr eine Verwandte zur Hand ging.

Dann war nichts mehr so, wie Hugo es sich erwartet hatte. Was hatte er denn erwartet. Nur das, was ihm von Ernestine zuteil geworden war. Geduld, Übereinstimmung, Vorschein von Glück. Daß sein Vater hin und wieder Zeit für ihn erübrigte, daß sich Vertraulichkeit einstellte mit der Stiefmutter, daß sie ihn nicht wie einen lästigen Dauergast behandelten. Am innigsten, daß der Vater ihm die Mutter lebendig machte, indem er mit ihm über sie sprach, Fotos hervorholte, Leute zusammentrommelte, die sie gekannt hatten.

Ein eigenes Zimmer, zum ersten Mal in seinem Leben, aber Hugo hätte es leichten Herzens gegen die Gewißheit eingetauscht, einfach willkommen zu sein. Statt dessen verstärkte sich sein Eindruck, es niemandem in der Familie recht machen zu können. Als ob er bloß ein Mitbewohner wäre, den mit seinem Vater eine Geschichte verband, die so lange zurücklag, daß sie keine neue Gemeinsamkeit begründete. Die Stiefmutter, vermutlich, wollte nicht mehr als einen störungsfreien Tagesablauf und das Beste für ihre Tochter. Für ihn betrachtete sie sich als nicht zuständig. Sie taucht in Hugos Erinnerungen nur selten auf, als blasse, kränkliche Frau, die es auf der Lunge hatte, es gab keine heftigen Auseinandersetzungen, obwohl sie ihm verbot, untertags das Wohnzimmer zu betreten oder sich am Nachmittag, wenn er hungrig nach Hause kam, ein Butterbrot zu schmieren. Abendbrot gibt es erst um neunzehn Uhr, das weißt du doch. Und um neunzehn Uhr dreißig saß sein Vater schon wieder über Akten, die er aus dem Büro mitgenommen hatte, um sich auf Verhandlungen vor dem Arbeitsgericht vorzubereiten. Das war nicht das Problem: daß sein Vater vielbeschäftigt war, daß er nicht gestört werden durfte.

Es gab ja auch Abende, an denen sie Besuch hatten, von Widerstandskämpfern, die aus Frankfurt, Mainz, Wiesbaden herübergekommen waren. Dann saß Hugo still zwischen ihnen, überwältigt von den Erlebnissen, die da zur Sprache kamen, wie er sagt. Das Problem war die fehlende Symmetrie: Hugo war stolz auf seinen Vater, aber sein Vater war nicht stolz auf ihn.

Wieder Bilder, die Hugo für mich zum Laufen bringt und mit Geräuschen unterlegt, eine Stadtratsitzung, in der Salzmann sich mit seinem schärfsten Widersacher, dem Fabrikanten und CDU-Politiker Jacob, ein Rededuell liefert, der Anlaß ist vergessen, nicht aber die Erregung, die Hugo bei den kämpferisch klaren Worten seines Vaters ergreift. Ein Rundgang durch Kreuznach, Hugo mit Hugo, langwierig nicht der vielen Schutthalden und Baustellen wegen, die sie zu Umwegen zwingen, sondern weil Salzmann alle paar Meter gegrüßt, um Rat gefragt, auf Mißstände hingewiesen wird. Am Wochenende stehen oft Fremde im Hausflur, die ihn um Beistand ersuchen, auch solche, die von ihm bescheinigt haben wollen, daß sie politisch unbelastet sind, sie hätten wirklich nichts mit den Nazis am Hut gehabt, nur umständehalber, unter Rücksicht auf die Familie bei denen mitgemacht. Salzmanns harte Stimme: Ich kann's nicht mehr hören!, sein ausgestreckter Arm, der zur Tür weist. Seit er nach einem Magendurchbruch in Butzbach operiert worden war, hatte er nur noch ein Drittel des Magens, litt aber nach wie vor unter Schmerzen. Wurden sie unerträglich, setzte er sich rittlings auf einen Stuhl, hängte die Beine über die Lehne und ließ sich von seiner Frau starken Kaffee brauen, den er, mit einem Schuß Kognak versetzt, hinunterstürzte.

Auch so ein Bild, das schmerzverzerrte Gesicht des Vaters. Dazu das wutentbrannte. Einmal nahm er Hugo auf dem Motorrad mit, auf einer seiner zahlreichen Hamsterfahrten in die umliegenden Dörfer, erst tauschte er mitgebrachte Hemden und Jacken bei den Bauern gegen eine Stange Wurst ein, dann hielt er eine flammende Rede. Auf der Rückfahrt hatten sie einen Platten, Salzmann hielt, stieg ab, besah sich den Schaden und fauchte den Jungen an. Wieso hast du mich nicht gewarnt. Hugo, verdattert: Du, ich hab nichts gemerkt. Oder ein paar Monate später, als der Junge seiner kaputten Zähne wegen den Facharzt Dr. Coblenzer aufsuchte, der von seinem Kiefer einen Abdruck nahm, für eine Goldbrücke. Bist du verrückt, wer soll denn das bezahlen! Oder noch später, als Hugo alle paar Tage in Ohnmacht fiel. Zu Hause wurden seine Anfälle nicht weiter ernstgenommen. Das sind bloß Wachstumsstörungen. Hock nicht herum, geh lieber an die frische Luft. Als er dann erzählte, man habe ihm einen Arzt empfohlen, der sich tatsächlich viel Zeit genommen und ihm ein wirkungsvolles Präparat verschrieben habe, ein gewisser Dr. Six, sprang sein Vater auf und rief: Der war doch bei der ss, bist du noch zu retten!

Da hatte Hugo schon fast verlernt, seine Wünsche zu äußern. Er wehrte sich nicht, als sein Vater ihn bei einem Bekannten, dem Zahntechniker Salzer, in die Lehre schickte. Sei froh, so kannst du dir einmal die eigenen Zähne reparieren. Salzer hatte zwei Gehilfen, die Wachsabdrucke in Metallhülsen anfertigten. Das Wachs wurde erhitzt, dann mit einer Handkurbel geschleudert. Manchmal durfte er dabei zuschauen. Ansonsten lernte er nur, die Werkstatt gewissenhaft auszufegen. Oder Salzer schickte ihn mit Kanister und Gummischlauch in die Garage. Dort hatte er ein Faß stehen, aus dem Hugo Wein abfüllen sollte. Erst mußte er ihn mit dem Schlauch ansaugen, dann das Ende rechtzeitig aus dem Mund nehmen und in den Kanister stecken. War er nicht schnell genug, lief ihm der Wein durch die Kehle. Nachdem er eines Abends in einer Schlangenlinie nach Hause geradelt war und dort, als Säufer verdächtigt, den Sachverhalt mit schwerer Zunge richtiggestellt hatte, fand endlich auch sein Vater, daß diese Art Ausbildung doch nicht das richtige war.

Im Mai neunundvierzig brachte er ihn in der städtischen Verwaltung unter. Die Lehrlingsentschädigung war, bis auf fünf Mark im Monat, als Kostgeld abzuliefern. Dabei wurde Hugo zu Hause nie richtig satt. Auch durfte er sich nie was zum Anziehen kaufen – alles, was er am Leib trug, war geschenkt und aus zweiter Hand. Das war nicht Böswilligkeit seines Vaters; Salzmann trug ja selbst die längste Zeit gebrauchte Hemden und Jacken auf und bückte sich nach jedem Nagel, den er auf der Straße liegen sah. Auch dieses Bild hat sich bei Hugo eingeprägt:

wie der Vater krumme rostige Nägel aus der Tasche zieht und mit einem Hammer geradeklopft.

Die Arbeit machte ihm Freude. Sie war abwechslungsreich, vor allem während der Lehrzeit, in der er der Reihe nach in allen Abteilungen eingeschult wurde. Am besten gefiel es ihm im Standesamt, wegen der Lebenswege, die hier zusammenliefen und auseinanderstrebten, weil im Trauungszimmer erwartungsvolle Stille eintrat, weil er das Wort Treue schön fand. Er durfte die Heiratsurkunden ausfertigen, und wenn Anfragen aus Übersee kamen, von Flüchtlingen oder Ausgewanderten, holte er die erforderlichen Dokumente aus dem Archiv. Herr Scheidt, der Standesbeamte, nahm ihn jedesmal mit, wenn ein Ehepaar seine Goldene Hochzeit feierte. Salzmann, Sie werden die Blumen überreichen. Nach zwei Jahren wurde er ins Angestelltenverhältnis übernommen, zu einem Monatsgehalt von 160 Mark, von denen er nur vierzig oder fünfzig behalten durfte. Sein Vater brauchte ja jeden Pfennig, um die Kreditraten für das Haus abzustottern, das er inzwischen gebaut hatte, ein bescheidenes, mit steilem Giebeldach und niedrigen Zimmern, in dem gerade Platz für eine Familie war. Trotzdem trat er, des Mietgeldes wegen, gleich einer älteren Frau eine Kammer ab. Dann wieder quartierte sich ein Taxiunternehmer ein paar Monate bei ihnen ein. Hugo ahnte, daß seinem Vater sogar diese Leute mehr bedeuteten als er. Dabei bemühte er sich, ihm nahe zu sein. In der politischen Einstellung war er es. Der Standpunkt des Vaters und seiner Partei leuchtete ihm ein, sowie er anfing, selbständig zu denken. Neben dem Verwaltungsgebäude war ein Schaukasten des ›Öffentlichen Anzeigers‹, an dem er sich jeden Morgen die Nase plattdrückte, wegen der Nachrichten aus Indochina und Korea. Nachts malte er die Losungen der Freien Deutschen Jugend, gegen die Wiederbewaffnung, an die Brückenpfeiler: »Nieder mit dem Krieg«, »Butter statt Kanonen«. Er tat es auch für seine Mutter. Ohne Krieg würde sie noch leben. Es wäre ihm wie Verrat an ihr erschienen, wenn er nicht Partei ergriffen hätte. Ihre Freundin Lore war Kommunistin. Louise Oehl war eine. Und Ria Apfelkammer, der er einmal geschrieben hatte. Ob sie ihm nicht was von seiner Mutter erzählen könnte. Sie hatte zurückgeschrieben, er solle sie unbedingt besuchen kommen und seine Tante gleich mitbringen.

Vermutlich war sie es, die den Kontakt zu Rosa Jochmann, der sozialistischen Nationalratsabgeordneten in Wien, hergestellt hatte. Jochmann, von der alle Frauen, die ihr in Ravensbrück begegnet waren, mit Hochachtung und Dankbarkeit sprachen. Sie hatte Juliana im Herbst 1941 aus dem Zugangsblock zu sich geholt, in die Baracke, in der sie Blockälteste war, und ihr damit fürs erste das Leben gerettet. In ihrem Brief an den »lieben jungen Genossen Salzmann« verlor Rosa Jochmann kein Wort darüber; statt dessen gedachte sie seiner Mutter als einer sonnigen, stillen Frau, die immer mit großer Liebe von ihm gesprochen habe. Ein wirklicher Lichtblick sei sie für alle gewesen, die das Glück gehabt hätten, mit ihr beisammen zu sein. Hugo las den Brief mit angehaltenem Atem. Den Schlußsatz verstand er als Aufforderung, weiterzumachen. »Möge das Opfer, das Deine Mutter mit Millionen anderen gebracht hat, uns endlich eine schönere Welt bringen.«

Hugo war tüchtig, und er galt als kollegial. Aber dann mußte er in seiner Abteilung, für Soziales und Wohlfahrt, Anträge von Leuten bearbeiten, die sich aus der DDR in den Westen abgesetzt hatten. Das kann nicht gutgehen, hieß es. Nicht daß wir Ihnen was unterstellen wollen, aber angenommen, einer von ihnen fühlt sich ungerecht behandelt. Der würde uns sofort mit dem Argument kommen, na klar, der Sachbearbeiter ist bei der FDJ, sein Vater ein Kommunistenhäuptling. Besser, Sie wechseln in die Finanzabteilung. Das war 1950, als im Zuge der Renazifizierung der Beamtenschaft ehemalige Wehrmachtsoffiziere in den öffentlichen Dienst drängten. Einer von ihnen, ein Major namens Rolf, wurde zum Abteilungsleiter ernannt. Er ließ Hugos Schreibtisch auf den Gang stellen und ordnete an, daß ihm nur noch nebensächliche Arbeiten angeschafft werden sollten, Botendienste, das Abheften von Handwerkerrechnungen. Im Juni einundfünfzig wurde die FDJ verboten. Hugo ließ sich davon nicht beirren. In einer Gruppe Jugendlicher machte er sich auf, um an den Weltfestspielen in Berlin teilzunehmen. Als sie hörten, daß Reisende von westdeutscher Polizei aus dem Zug geholt wurden, versuchten sie, zu Fuß hinüberzukommen, im Schutz der Dunkelheit. Äcker, in denen sie bis zu den Knöcheln versanken, die Grenze mit Scheinwerfern grell ausgeleuchtet, davor Postenketten mit Hunden und Gewehren. Weil kein Durchschlüpfen war, kehrten sie um.

In Bad Kreuznach erfuhr Hugo, daß inzwischen eine Meldung an den Dienstgeber erfolgt war, wegen des Verdachts verfassungsfeindlicher Handlungen. Der Bürgermeister lud ihn vor und ermahnte ihn, seine politische Tätigkeit einzustellen. Aber er wußte sich im Recht. Als bei einer Demonstration in Essen drei Gegner der deutschen Wiederbewaffnung, unter ihnen der Jungkommunist Philipp Müller, von Polizisten erschossen wurden, kam es auch in Bad Kreuznach zu einer Massenkundgebung. Hugo, zufrieden eingekeilt im Pulk der Unzufriedenen: Nie zuvor hatte er in der Stadt so viele Menschen auf einmal gesehen.

Es war der Höhepunkt, der die Niederlage ankündigte. Sein Vater bekam plötzlich anonyme Briefe zugeschickt, mit Galgenmännchen, unter denen sein Name stand. Eines Abends, sehr spät, klingelte es, draußen war ein amerikanischer Offizier, drängte gleich ins Wohnzimmer, wo er sich auf die Couch lümmelte und über die Kommunisten lustig machte. Er sprach zu Salzmann hin, warf zwischendurch anzügliche Blicke auf Hugos Stiefmutter und spielte mit seiner Pistole. Erst als Hugo Nachbarn zur Hilfe rief, trat der Mann den Rückzug an. Kurz nach diesem Zwischenfall versperrte der Sohn des Amtsgerichtsdirektors Hugo auf der Alten Nahebrücke den Weg.

Und im nächsten Sommer, als er in die Steiermark zu Ernestine fahren wollte, wurde ihm kein Visum mehr erteilt.

Warum nicht?

Das werden wir Ihnen nicht auf die Nase binden.

Bis dahin hatte er seine Tante jedes Jahr besucht. Einmal war er ohne Vorankündigung bei ihr eingetroffen, hatte sich von hinten an sie herangeschlichen und mit verstellter Stimme gefragt: Frau Fuchs, ist ein Bad frei?

War das eine Umarmung. Sie ist immer in meinem Herzen geblieben.

»Wenn Du schon nicht kommen kannst«, schrieb Ernestine, »fahre ich Dir ein Stück entgegen. Treffen wir uns doch bei der Ria Apfelkammer in München.«

Er war froh über diesen Vorschlag, nicht nur, weil ein Sommer ohne sie für ihn kein richtiger Sommer war; er hatte immer noch den Drang in sich, seine Mutter zu finden, in den Geschichten der Frauen, die mit ihr in Ravensbrück gewesen waren. Aber Ria erzählte wenig, gerade nur, daß Juliana tatsächlich, wie Paula Weigel geschrieben hatte, eine Zeitlang in der Nähwerkstätte gearbeitet habe und daß sie im Krankenrevier buchstäblich in ihren Armen gestorben sei. Die Augen hat ihr wer anderer zugedrückt, sagte sie. Dann stand sie vom Tisch auf und räumte die Teller weg. Hugo half ihr dabei.

Da war ein kleines Mädchen, sagte Ria, während sie in der Küche hantierten. Vier oder fünf Jahre alt. Vielleicht war sie auch schon sieben. Man hätte sie fragen können. Aber wer kam dort schon auf die Idee, ein Kind nach seinem Alter zu fragen. Hauptsache, es war noch da. Sie stammte aus der Sowjetunion. Ukraine, glaube ich. Ihre Mutter, keine Ahnung, wann und wie sie zugrunde gegangen ist. Juliana hat sich um das Mädchen bemüht. Irgendwie hat sie es geschafft, daß die Kleine auf ihren Block gekommen ist. Sie waren unzertrennlich. Irgendwann war Juliana wieder allein. Ich habe nicht gefragt. Wozu auch.

Hugo hätte sich, nach seiner Rückkehr aus München, mit seinem Vater gern ausgesprochen. Dann ließ er es sein. Er hört mir ja gar nicht zu. Gerade, daß er sich nach Ernestines Befinden erkundigt hatte. Auf den Gedanken, sie nach Bad Kreuznach einzuladen, war er nicht gekommen. Auch die eigenen Verwandten bedeuteten ihm wenig, jedenfalls hielt er es nicht für nötig, seinen Sohn mit ihnen bekannt zu machen. Nur den Kontakt zu Tilla wollte er, nach allem, was sie für ihn und Juliana getan hatte, nicht unterbinden. Hugo erinnert sich ihrer als einer dunkelhaarigen flinken Frau, ihrer Tochter Brigitte als eines pausbäckigen lebhaften Mädchens. Er habe sie gern besucht, sie seien immer sehr nett zu ihm gewesen. Kein einziges Mal, wo er von seiner Tante nicht bewirtet worden wäre. Wenigstens einen Kaffee wirst du mit uns trinken. Oder willst du lieber Tee? Und nimm von den Keksen. Dabei hat sie als Heimarbeiterin jeden Pfennig zweimal umdrehen müssen, sagt Hugo. In der kleinen Wohnung stapelten sich gestanzte Platten, aus denen Tilla Plastikkämme schneiden und an den Kanten abfeilen mußte. Von ihrem Vater, seinem Großvater, wußte

Hugo nicht mehr, als daß er in Mylau lebte, im Vogtland, und früher Glasbläser gewesen war. Er hat geschrieben, jedesmal dringlicher, wir sollen ihn besuchen kommen, aber dafür hat sich mein Vater nie Zeit genommen.

Hingegen verwendete Salzmann viel Energie darauf, Naziverbrecher auszuforschen. Einmal, erinnert sich Hugo, ging sein Vater einem vertraulichen Hinweis nach, demzufolge die frühere Lagerärztin Oberheuser unter falschem Namen in einer Klinik irgendwo in der Oberpfalz praktiziere. Herta Oberheuser, die in Ravensbrück Hunderte Frauen für qualvolle Experimente mißbraucht und mit Benzininjektionen getötet hatte. Salzmann verständigte Lore Wolf, gemeinsam fuhren sie zur Klinik, fruchtlos, wie sich herausstellte, weil sie einer Verwechslung aufgesessen waren. Als, fünf Jahre später, die Marquise de Villevert gegen das Land Rheinland-Pfalz auf Rückerstattung ihres Vermögens klagte, das die nationalsozialistischen Behörden eingezogen und zwangsversteigert hatten, verfolgte Salzmann den Prozeß bereits als ohnmächtiger, verbitterter Zeitungsleser. Villeverts Denunziantentum kam im Gerichtsverfahren nur am Rand und in den Presseberichten gar nicht zur Sprache.

Das wäre ja auch möglich gewesen: daß Salzmann seinen Sohn zum Teilhaber der eigenen Unrast gemacht hätte. Daß er zu ihm gesagt hätte: Komm, fahr mit. Oder: Das ist wichtig. Ich muß da jetzt hin. Dich kann ich leider nicht mitnehmen. Aber Hugo erfuhr von der Suche nach Oberheuser erst, als sie erfolglos abgebrochen worden war. Er zählte nicht, er zählte nur, wenn es an ihm was zu bemängeln gab. Auch dafür sorgte er, so weit ging sein Entgegenkommen. Während seiner Lehrzeit war er einmal vierzehn Tage lang von zu Hause weggeblieben, bei zwei Straßenkehrern untergetaucht, mit denen er sich angefreundet hatte. Da war sein Vater gezwungen gewesen, an ihn zu denken. Wo er wohl geblieben sei.

Nach Feierabend suchte er manchmal die Blaue Grotte auf, ein mit viel Pappmaché drapiertes Tanzlokal, in dem sich eine große glitzernde Plastikkugel drehte. In ihm verkehrten gerne Besatzungssoldaten, zwischen denen ein unsichtbarer Graben verlief. Da die schwarzen, zu denen sich Hugo setzte, drüben die weißen. Höhnische Zurufe von Tisch zu Tisch. Kleine Rempeleien beim Tanzen, mit Absicht oder aus Versehen, Vorzeichen einer Massenschlägerei. Der Wirt, der rechtzeitig dazwischenging und die Kampfhähne mit einer Freirunde beschwichtigte. War es dafür zu spät, klemmte er sich ans Telefon. Eine halbe Stunde später, wenn von der Einrichtung wenig ganz geblieben war, fuhr eine Militärstreife vor, schleifte die sturzbetrunkenen blutenden Männer aus dem Lokal und verstaute sie wie Holzklötze in ihren Jeeps. Hugos Vater am nächsten oder übernächsten Morgen, knapp am Schreien, wie Hugo sagt: Ich hab gehört, daß du dich schon wieder wo rumgetrieben hast.

Es gab das eine oder andere Mädchen, das ihm gefiel, dem er gefiel, das von ihm erwartete, daß er es seinen Eltern vorstellte. Aber er durfte es nicht nach Hause mitbringen, in eine Familie, die weiterhin nichts mit ihm anzufangen wußte, die nicht da war, wenn er sie gebraucht hätte. Wie damals, als er mit vereitertem Blinddarm allein zu Hause gewesen war. Die Nachbarin hatte ein Taxi gerufen, das ihn gerade noch rechtzeitig ins Krankenhaus brachte. Mehr als die Schmerzen plagten ihn während der Fahrt die Vorhaltungen, die ihm sein Vater machen würde. Hättest du nicht auch mit dem Bus fahren können. Eine Einladung aus Italien erging, in ein Erholungsheim für Widerstandskämpfer und ihre Angehörigen. Salzmann hatte keine Zeit, also meldete er seine Frau und die kleine Juliane an. Auf den nächstliegenden Gedanken, Hugo zu schicken, kam er nicht. Am Ende gratulierte er ihm nicht einmal mehr zu seinem Geburtstag. Da hatte Hugo einen Entschluß gefaßt, und es kümmerte ihn nicht, daß Vater und Stiefmutter ihm das Vorhaben auszureden versuchten.

Dem Entschluß vorausgegangen war, im Jahr zuvor, ein Treffen der FDJ im tief verschneiten Harz, in einem Gewerkschaftsheim, in das Funktionäre und Aktivisten aus dem Westen eingeladen worden waren, zur Belohnung dafür, daß sie trotz Verfolgung ihren politischen Kampf fortsetzten. Die für Jugendfragen zuständige Referentin im Rat des Kreises Wernigerode, eine wendige junge Frau namens Anita Hanel, hatte für sie ein dichtes Programm zusammengestellt, mit einer Opernaufführung im Kulturhaus, Tanzveranstaltungen, Chorgesängen, Filmen, Vorträgen über die deutsche Geschichte und die des kommunistischen Widerstands, linientreu verzerrt und trotzdem erhebend für einen, der für gewöhnlich einer anderen Art Verzerrung ausgesetzt war. Dazu die Möglichkeit, abends zusammenzusitzen, von den eigenen Lebensumständen und denen der Eltern zu erzählen, zuzuhören und angehört zu werden, ernstgenommen. Begeistert kehrte Hugo nach Bad Kreuznach zurück, wo der Bürgermeister vom Verfassungsschutz bereits avisiert worden war: So leid es uns tut, Herr Salzmann. Wenn Sie weitermachen wie bisher, werden wir uns von Ihnen trennen müssen. Er wollte so weitermachen, insofern wurde ihm die Entscheidung leichtgemacht. Schwieriger war es, sie in die Praxis umzusetzen, weil sein Vater, sobald er von Hugos Vorhaben wußte, alles unternahm, es zu hintertreiben. Kann sein, Salzmann hielt es für die denkbar dümmste Idee, gerade jetzt in die DDR zu übersiedeln, ein halbes Jahr nach dem Aufstand vom 17. Juni und mitten in der Kampagne gegen reelle oder eingebildete Agenten, die sich gegen mißliebige Funktionäre richtete, denen mangelnde Wachsamkeit, politische Blindheit und parteischädigendes Verhalten vorgeworfen wurde. Wahrscheinlich wußte er schon von der Entmachtung Franz Dahlems, der für ihn über jeden Verdacht erhaben war, und unterschlug deshalb mehrere Briefe von drüben, die an Hugo gerichtet waren. Aber einer kam durch; der Umschlag enthielt eine offizielle Einladung, die der Rat des Kreises Wernigerode auf Anita Hanels Betreiben ausgesprochen hatte. Das genügte Hugo; er kündigte mit Ende November 1953 seine

Stelle in der Verwaltung, packte seinen Koffer, steckte den Ausweis ein, der ihn als Opfer des Naziregimes anerkannte, und machte sich auf den Weg zum Bahnhof. Hinter ihm her, die warnenden Worte des Vaters.

Sei vernünftig. Geh nicht. Du wirst es bereuen.

Er drehte sich nicht einmal um.

Es war mir scheißegal. Und wenn ich krepiere, krepier ich halt.

Folgen zwölf wacklige Jahre, in denen Hugo damit befaßt war, den erträumten in den erlebten Sozialismus einzupassen. Er wird sie später unter Verschluß halten, nur nicht den wenigen Menschen gegenüber, zu denen er Vertrauen faßt, und in detaillierten Lebensläufen, die ihm abverlangt werden, auf fünf Sätze stutzen. Er wird deshalb kein schlechtes Gewissen haben, denn er weiß, daß es ihm schadet, wenn er andere als nur »familiäre Gründe« als ausschlaggebend für seinen Wechsel in die Deutsche Demokratische Republik anführt. Im übrigen, wird er denken, entsprechen meine Angaben durchaus den Tatsachen; daß sie falsche Vorstellungen wecken, ist nicht meine Schuld. Würde er die ganze Wahrheit preisgeben, wäre Hugo außerdem gezwungen, sich vorher Klarheit zu verschaffen über das, was im Arbeiter- und Bauernstaat schiefgelaufen ist, es in Beziehung zu setzen zu den eigenen Erwartungen, diese wiederum an den historischen Möglichkeiten zu messen, ein schwieriges Unterfangen, das über seine Kräfte ginge, die sich ohnehin im Konkurrenzkampf erschöpfen werden, lange. Und er wird auch bald herausgefunden haben, daß niemand an dem Mosaik aus Anpassung und Kontrolle, Kühnheit und Fürsorge interessiert ist, das sich in seiner Erinnerung zu einem Vexierbild formt, mehrmals die häßliche Vettel, flüchtig das anmutige Mädchen DDR.

Brauchbar wäre für die andern nur, was sie in ihrer vorgefaßten Meinung bestätigt. Zum Beispiel die Vorladung vom Amt der Deutschen Volkspolizei zwecks Klärung eines Sachverhalts, ein halbes Jahr nach seiner Ankunft in Wernigerode, wo ihn ein grimmiger untersetzter Mann in Zivil wie einen Delinquenten behandelte, der des Verbrechens bereits überführt worden ist, und es geht nur noch darum, den Tathergang zu rekonstruieren.

Wie sind Sie überhaupt herübergekommen, wer hat Sie geschickt, mit wem haben Sie sich abgesprochen, ich will Namen wissen, sagte er und nahm Hugo, nachdem dieser sich ahnungslos auf Dahlem berufen hatte, als einen Freund der Familie, der seine Angaben bestätigen könne, den amtlichen Opferausweis ab.

Das dürfen Sie nicht!

Und ob ich das darf. Und den von der FDJ rücken Sie auch raus.

Zweitens die Rasanz, mit der sich die Gefährten, die er in der Zwischenzeit gewonnen hatte, von Hugo abwandten. Gerade noch hatten sie ihn bestaunt, den jungen Antifaschisten, der dem goldenen Westen davongelaufen war, jetzt grüßten sie ihn nicht mehr. Nur die arme Familie Wildner, bei der er zur Untermiete wohnte, blieb ihm gewogen, und Anita Hanel versicherte ihm, daß die Genossen von der Staatssicherheit ihren Irrtum bald einsehen würden.

Du hättest Dahlem nicht nennen dürfen, die halten ihn für einen Titoisten, sagte sie zu Hugo, unter vier Augen.

Weiters seine Erlebnisse im Volkseigenen Erfassungs- und Ankaufsbetrieb, in dem er sich, wofür eigentlich, bewähren sollte, durch doppelten Eifer beim Befolgen widersinniger Anordnungen, so wurde er dazu vergattert, Stroh einzutreiben, das für die Teilnehmer des Deutschlandtreffens der FDJ aus Berlin angefordert worden war, als Unterlage in den provisorischen Quartieren, aber die Bauern im Kreis Wernigerode waren selber ratlos, woher sie die Einstreu für Stall und Acker nehmen sollten, es nützte nichts, daß er sich den Mund fusselig redete. Dann mußte er auf einem abgelegenen Bahnhof den eingebrachten Faserlein erfassen, bewerten und verladen, in einen Güterwagen, der bei weitem nicht ausreichte, den Ernteertrag aufzunehmen. Hugo oben auf dem Waggon, wo er mit beiden Beinen die Flachsbündel niedertrat, vor ihm die lange Reihe von Pferdefuhrwerken, Traktoren und Anhängern, zwischen ihnen die Bauern, die sich übervorteilt wähnten, schimpften, fluchten und drohten, ihn zu verprügeln, im Nacken saß ihm die Angst zu versagen. Sie wuchs sich in den Tagen darauf zu Panikattacken aus, die in Schüben über ihn hereinbrachen, immer heftiger und in immer kürzeren Abständen, bis der Moment gekommen war, da er nicht weiterwußte, keinen Schritt mehr zu gehen, nicht einmal mehr zu sprechen vermochte, wie damals, bei seiner Ankunft in Stainz. Jedes Wort, das er sich ausdachte, kam ihm erst nach mehreren Fehlversuchen, zu Silben zerhackt, über die Lippen. Er verbrachte Monate im Kreiskrankenhaus, dann in einem Pflegeheim in Bad Liebenstein, wo er sich allmählich erholte, eines Tages nach Briefbogen und Füllfeder griff und dem Vorsitzenden der Freien Deutschen Jugend seinen Fall schilderte (bis auf den Konflikt mit dem Vater, der hätte seine Erzählung verdorben). Honecker, der schon nach einer Woche antwortete, mit dem Versprechen, sich der Sache persönlich anzunehmen. Hugo wurde rehabilitiert, neuerlich als Verfolgter des Naziregimes anerkannt, in die Partei aufgenommen und auf seinen Wunsch nach Halle geschickt, an die Arbeiter- und Bauern-Fakultät, das Abitur nachzuholen als Voraussetzung für ein Hochschulstudium. Er merkte, die Dozenten bevorzugten ihn, und er war bemüht, ihr Vertrauen zu rechtfertigen.

So schien sich, auf einmal, alles zum Guten zu wenden. Als er im zweiten Studienjahr war, lernte Hugo bei einem Maskenball Herta Heinrich kennen, ein aufgewecktes, umsichtiges Mädchen aus Lettin, Schaffnerin bei der Deutschen Reichsbahn, die an der ABF Leipzig studierte. Manchmal ließ sie das Selbststudium am Nachmittag einfach sausen und setzte sich in den Zug, um ihn in seinem Barackenzimmer in Halle zu besuchen. Sein ungläubiges Staunen, endlich jemanden gefunden zu haben. Eine, die an ihre Liebe keine kümmerliche Bedingung knüpfte, die sich von ihm genauso bedingungsarm lieben ließ.

Die Freude, einander zu haben, wirbelte ihre Zukunftspläne durcheinander. Herta hatte sich mit dem Gedanken getragen, nach dem Abitur ein Lehrerstudium für Biologie und Deutsch zu beginnen, Hugo von einer Diplomatenkarriere geträumt. Nun beschlossen sie, das Studium an der ABF abzubrechen. Um zusammenziehen, einen Hausstand gründen zu können. Am 21. Dezember 1957 heirateten sie. In der Hardenbergstraße wurden ihnen zwei Zimmer mit Küchenbenützung zugewiesen.

Herta ging zurück zur Reichsbahn, aber nicht mehr als Schaffnerin, sondern als Dispatcherin im Güterbahnhof. Hugo erhielt eine Stelle in der Abteilung Arbeit der Martin-Luther-Universität, an der Medizinischen Fakultät, die infolge der Republikflucht von Ärzten und medizinisch-technischen Assistentinnen ständig nach- und umbesetzt werden mußte. Auch am Güterbahnhof fehlte es immer wieder an Personal, so daß Herta im Schichtdienst einfach nicht abgelöst wurde.

Es gab, nach dem Schock von Wernigerode, kein einschneidendes Ereignis, das Hugo das Dasein in der DDR verleidet hätte, statt dessen eine Reihe von Erfahrungen, die ihm im Rückblick – und gemessen an den Erlebnissen anderer – harmlos vorkommen, aber irgendwann ausreichten, ihn am gesellschaftlichen Nutzen seiner Tätigkeit zweifeln zu lassen. Der scharfe Ton zum Beispiel, mit dem in Versammlungen Leute abgekanzelt wurden, weil sie die sozialistische Moral verletzt hatten. Die paradoxe Kombination von Freiwilligkeit und Zwang, wenn aufgerufen wurde, Erntehilfe zu leisten oder einen Spielplatz im Wohnbezirk zu sanieren. Die Undurchsichtigkeit und Unvorhersehbarkeit von Maßnahmen, die andere, ebenso undurchsichtige, außer Kraft setzten. Das Mißtrauen sachlichen Argumenten gegenüber. Die Vorschriftenlitanei. Das Gefühl, immer im Minus und auf dem Sprung zu sein, als Sozialist, als Bürger und als Verbraucher. Die Rüge eines Nachbarn, als er an einem Ersten Mai merkte, daß Hugo und Herta vergessen hatten, die Fahne aus dem Fenster zu hängen: Hugo, wie er in aller Eile den Besenstiel zur Fahnenstange adelt. Nochmals Hugo, wie er kritisiert wird, als Genosse, weil er ein Nylonhemd trägt, das ihm Ernestine geschickt hat. Wie er sagen hört, Salzmann soll sogar einen Westrasierer besitzen. Ein viertes Mal Hugo, wie er eine Lohnbuchhalterin in Schutz nimmt, der die Versetzung angedroht wird, weil sie in Westberlin Strümpfe oder Cremen eingekauft hat, zwei Paar oder Tuben mehr als erlaubt, und am Grenzübergang Oberbaumbrücke durchsucht worden ist. Sein Intermezzo in der Gesellschaft für Deutsch-Sowjetische Freundschaft, als Instrukteur, der in den Betrieben Mitgliedsbeiträge einhebt und Lichtbildvorträge hält, dann die Berufung auf den Schleudersitz des Parteisekretärs im Theater des Friedens, von dem ihn eine Angestellte, kaum daß er Platz genommen hat, runterscheuchen will,

es gibt Melonen in der Stadt, ein in Halle hängengeblie-
benes Sonderkontingent, Hugo soll in der sozialistischen
Wartegemeinschaft anstehen, eine für sie ergattern, und
zwar ein bißchen plötzlich. Vom Verwaltungsdirektor er-
fährt er, daß im Theater die letzten drei Parteisekretäre
vorzeitig abgelöst worden sind, weil sie es nicht geschafft
haben, die Intrigen abzustellen und den Zuschauer-
schwund zu stoppen. Es heißt, er darf damit rechnen, zu
einem dreijährigen Lehrgang an die Parteihochschule in
Berlin delegiert zu werden. Daraufhin überkommt ihn
die Angst, sein häusliches Glück zu verspielen, zerrieben
zu werden zwischen Anspruch, Auftrag und Sehnsucht.
Zermürbt ist er ohnehin schon. Die Menschen in der DDR
waren schlicht überfordert, sagt er und meint damit auch
sich und seine Frau.

Es war auszuhalten, solange sie einmal im Jahr zu Ernestine fahren durften, der Hertas Unbefangenheit sofort
gefallen hatte. Auf einem Foto aus dem Sommer 1960 sitzen die beiden zwischen Badhaus und Schwimmbecken
einander gegenüber (»Tinis ewiger Kampf mit dem Wasserstand des undichten Bassins«, hat Hugo auf die Rückseite geschrieben), in weiten Röcken, die ihnen bis über
die Waden fallen, Herta ein wenig vorgebeugt, mit ver-
gnügt blitzenden Augen und lustiger Stupsnase, die schul-
terlangen dunklen Haare hinter die Ohren gestrichen,
während sie Ernestine anlacht, die mit übereinander-
geschlagenen Beinen an der Hauswand lehnt, die Haare
straff nach hinten gekämmt und im Nacken zu einem

Knoten hochgesteckt hat, so daß ihre listigen kleinen Augen, ihr verschmitztes Lächeln unter der hohen Stirn klar zu erkennen sind. Ein zerstreuter Betrachter könnte die Aufnahme glatt für eine Doppelbelichtung halten, mit der ein und dieselbe Frau von vorn und im Halbprofil abgebildet worden ist, einmal im Alter von zwanzig oder einundzwanzig Jahren, einmal als angehende Pensionistin.

Während sie noch in Stainz Urlaub machten, brach Hugos Vater auf einer Gruppenfahrt nach Buchenwald mit Magenblutungen zusammen und wurde in Magdeburg in ein Krankenhaus eingeliefert. »Zustand ernst«, schrieb Lore. Gleich nachdem sie ihr Telegramm erhalten hatten, traten Hugo und Herta die Rückreise an. Als sie in Magdeburg eintrafen, befand sich Salzmann schon auf dem Weg der Besserung. Statt ihren Gruß zu erwidern, musterte er Hugo von oben bis unten und fragte mißtrauisch: Wo hast du eigentlich diesen Anzug her?

Es war das vorletzte Mal, daß Vater und Sohn einander begegneten. Das letzte Mal, daß der eine den andern auf den ersten Blick erkannte. Das erste Mal, daß Salzmann seine Schwiegertochter sah, das letzte Mal, daß er sie als solche bezeichnete. Zur Trauung war er nicht erschienen, auch ein Hochzeitsgeschenk oder Glückwunschbillett hatte er offenbar für entbehrlich gehalten. Seit dem Verbot der KPD, im August 1956, nutzte er die durch den Verlust aller politischen Ämter entstandene Freizeit zum Schnitzen von Köpfen und Figuren, in denen sich sein soziales Anliegen offenbarte. Hungernde Kinder, klagende Mütter, Madonnen, die nicht beten, sondern die Fäuste ballen. Die Holzbildnisse fanden, wie in Le Vernet die kunstgewerblichen Miniaturen aus Suppenknochen, rasch Anerkennung. Von einer Ausstellung in Berlin, im Kulturbundhaus Erich Weinert, erfuhr Hugo erst Tage nach der Eröffnung durch eine Einladung, die ihm seine Stiefmutter geschickt hatte. Der Vater hatte es nicht für nötig erachtet, ihn rechtzeitig zu benachrichtigen oder in Halle Zwischenstation zu machen, wenn schon nicht des Sohnes und der Schwiegertochter wegen, dann doch, um das Enkelkind kennenzulernen, das damals bereits vier Jahre alt war.

Peter war im Juli 1959 zur Welt gekommen, als Wunschkind, die spastische Lähmung, ausgelöst wahrscheinlich durch Sauerstoffmangel bei der Geburt, wurde erst erkannt, als seine Eltern auf einer genauen Untersuchung bestanden, weil er mit einem Jahr immer noch nicht von allein sitzen konnte. Auch mit dem Laufen klappte es nicht. Zuerst versuchten die Ärzte, der fortschreitenden Verkrampfung der Muskulatur mit einer Unterwassertherapie, dann mit Injektionen tierischer Frischzellen beizukommen, zwischendurch nahmen sie einen chirurgischen Eingriff vor, bei dem die Achillessehnen angeritzt wurden, damit er mit den Fersen auftreten konnte. Schienen, die ihm angelegt wurden, gegen die er sich verzweifelt wehrte. Am Anfang hatte ihn Herta, die inzwischen im Versorgungsbereich der Universität arbeitete, im Kinderwagen ins Büro mitnehmen dürfen. Aber wie sollte es mit ihm weitergehen, in einem Land, in dem Behinderte nicht vorgesehen waren? Alle Neurologen, die sie zu Rate zogen, waren überzeugt davon, daß sich Peters Zustand im Lauf der Jahre noch verschlechtern werde. In Österreich, wer weiß, würden neue Therapien erprobt. Dort existierten auch spezielle Einrichtungen, mit halbwegs geschultem Personal. Auskunft, die seine Eltern aufhorchen ließ. Außerdem war es von Stainz nicht weit ans Mittelmeer, und sie hatten bei einem Aufenthalt auf Rügen festgestellt, daß Meerwasser die Kontraktionen abschwächte, unter denen Peter litt. Alles zu unternehmen, was ihm helfen könnte, das bedeutete, einen Weg zu finden, der aus der DDR herausführte. Vielleicht wären sie geblieben, wenn man ihnen wie bisher gestattet hätte, den Urlaub im kapitalistischen Ausland zu verbringen. Dann wären sie, mit Ernestines Hilfe, jedes Jahr auf ein paar Tage an die Adria gefahren, hätten Peter im seichten Wasser strampeln lassen, danach seine Beine in heißen Sand gepackt. Aber nach dem Mauerbau im August einundsechzig durfte Hugo nur noch allein, ohne Frau und Kind, ausreisen. Da half es auch wenig, daß Ernestine sich bald nach ihrer Pensionierung für zwei Monate nach Halle aufmachte. Ihre Anwesenheit dort war kein Dauerzustand und löste nicht das Problem.

Am schwersten fiel es ihnen, Hertas Eltern nichts zu sagen. Die waren, als sie von der Volkspolizei vernommen wurden, vollkommen ahnungslos. Die Mutter, Arbeiterin in einer LPG, in der blauen Minna zum Verhör gefahren. Der Vater als Kaderleiter im Deutschen Handelszentrum Chemie abgelöst und strafweise in die Werbeabteilung versetzt. Die Wohnungstür versiegelt, der Hausrat beschlagnahmt, samt der Bettwäsche, die sie den Eltern, und dem Kofferradio, das sie Hertas kleinem Bruder zugedacht hatten.

Seinen Vater hinters Licht zu führen, das bereitete Hugo keine Gewissensbisse. Er handelte in Notwehr; hätte er ihm ihr Vorhaben verraten, wäre Salzmann nicht bereit gewesen, ihnen zu helfen. So aber willigte er ein, Dahlem um einen Freundschaftsdienst zu bitten. Ulbrichts Widersacher, den man inzwischen rehabilitiert hatte, der einen hohen Posten im Ministerium für Hoch- und Fachschulwesen bekleidete. Er habe, schrieb er an Hugo, die Genossen in der Abteilung Paß- und Meldewesen wissen lassen, daß der Sohn seines Kampfgefährten aus den schweren Tagen der Verfolgung über jeden Verdacht erhaben sei. Trotzdem vergingen Wochen, bis ihnen eine hochgewachsene Frau in Vopouniform die Pässe aushändigte, abends in ihrer Wohnung, beinahe verstohlen, ohne Augenzeugen. Zwei Tage später stiegen sie im Berliner Ostbahnhof in den Vindobona-Express. Auf den Sitzplatz zwischen ihnen betteten sie Peter, seinen Kopf auf das Reisekissen, in das sie ihre Urkunden und Bescheinigungen eingenäht hatten. Im Abteil drängten sich, unterschiedslos in ihrem Staunen, deutsche wie tschechoslowakische Grenzbeamte, als könnten sie sich nicht sattsehen an den Visa, die eine junge Familie zur befristeten Ausreise in den Westen berechtigten. Am Abend standen Hugo und Herta mit Peter und zwei Koffern auf einem Bahnsteig in Wien, erschöpft, erleichtert und in Erwartung einer besseren Zukunft. Beschaulicher als ihr bisheriges Leben sollte sie sein, aber diese Hoffnung erfüllte sich ebensowenig wie die andere, größere, daß Peters Verfassung sich, entgegen allen Prognosen, bei eingehender medizinischer Behandlung stabilisieren werde.

Hugo wartete bis zum Ablaufdatum der Reisebewilligung, ehe er dem Verwaltungsdirektor des Theaters in Halle und seinem Vater in Kreuznach mitteilte, daß sie sich entschlossen hätten, in Österreich zu bleiben. Er bedauerte, dem Vater gegenüber, daß er ihm ihre Absicht verheimlicht und seinen Freund in der DDR in die Sache verstrickt habe, »aber glaub mir, ich habe dort Dinge erlebt, die mich zu diesem Schritt veranlassen«. Salzmanns Antwort traf nach einer Woche in Stainz ein. Das lückenhafte Schreiben war an Frau Ernestine Fuchs gerichtet, trug jedoch keine Anrede.

Ihre Nachricht vom 23. Sept. 65

30. Sept. 65

Die vorgenannte Nachricht traf mich nicht ganz unerwartet. Trotzdem ist es ein Keulenschlag für mich. Auf Anraten meiner lieben Frau Maria überschlief ich und überlegte, um eine klare Antwort zu geben. Im Leben versuchte ich stets vor meinem Gewissen konsequent zu handeln. Ich stellte fest, daß ich meinen Sohn Hugo in seiner Unkonsequenz im Leben u. seinem Charakter nicht falsch eingeschätzt habe. Wenn er den Schritt mit seiner Frau wagt zu tun ist es ein

Verrat

an seinem Vater u. seiner Mutter. Dasselbe gilt für seine Frau. Das Vertrauen seines Vaters, der sich auf sein Bitten, bei seinen teuersten Freunden, mit seinem Namen für den Sohn bürgte, die Reise erhielt, wäre die Handlung eine gemeine Täuschung, der schlimmste Vertrauensbruch eines Sohnes gegenüber dem Vater. Hier gibt es keine Entschuldigung. Wagt er den Weg, des Betruges, leicht ist's mir nicht, dann sind alle Bande zerrissen. Das Leben ist hart – mit sauberem Charakter aber aufrecht zu tragen.

Hugo Salzmann

Dann nichts mehr, dreizehn Jahre lang nichts bis zu dem Tag, an dem Hugo sich noch einmal in Bad Kreuznach umsah. Neuigkeiten aus dem Leben seines Vaters hatte er hin und wieder von Lore erfahren, zum Beispiel von einer Geburtstagsfeier, zu der er sie eingeladen und die sie vorzeitig verlassen hatte, unter Protest, weil zu viele Wichtigtuer herumgeschwänzelt seien und der Jubilar Juliana in seiner Rede mit keinem Wort bedacht habe. Gelegentlich

schickte sie Hugo auch den einen oder anderen Zeitungsartikel über eine Ausstellung, in dem der sozialkritische
Ansatz des Laienkünstlers in der Barlach-Nachfolge ge-
würdigt wurde. Einmal schrieb sie, daß Salzmann dem
Deutschen Gewerkschaftsbund untersagt hatte, ihn für
die Verleihung des Bundesverdienstkreuzes vorzuschla-
gen, wegen der vielen Nazis, die damit schon ausgezeichnet worden seien. Bei dieser Nachricht blitzte er wieder
auf, der Stolz auf einen, der sich verraten wähnte.

Für Hugo waren es Jahre, die seinen ganzen Einsatz
erforderten. Weder Herta noch er hatten geahnt, daß es so
schwer sein würde, sich im österreichischen Berufsleben
zu behaupten. Dabei herrschte Vollbeschäftigung. Aber
das Tempo war höher, die Nachsicht geringer als in den
Betrieben der DDR. Ohne Ernestine, die sich tagsüber um
Peter kümmerte, wäre es nicht zu schaffen gewesen. Bis
Anfang neunundsechzig wohnten sie bei ihr, in einem
winzigen Haus am Rande der Ortschaft, das sie sich,
durch den Verkauf der Tischlerei ihres Mannes, für den
Ruhestand angeschafft hatte. Morgens um sechs hasteten
sie zum Stainzer Hauptplatz, um nicht den Autobus nach
Graz zu verpassen, wo Herta als Sekretärin in einer Ver-
sicherungsanstalt arbeitete, Hugo als Vertreter einer Büro-
maschinenfirma, die nach nordamerikanischem Modell
ein Punktesystem eingeführt hatte. Es verpflichtete die
Beschäftigten, jeden Monat einen Mindestumsatz zu erbringen, dessen Betrag von der Zentrale jährlich nach
oben korrigiert wurde. Verfehlten sie drei Monate lang

die Zielvorgabe, setzte es die erste Verwarnung, die sie nur durch das Versprechen auf bevorstehende Geschäftsabschlüsse, mit sogenannten Hoffnungskunden, umgehen konnten.

In Stainz wurde gemunkelt, das Ehepaar sei zum Spionieren gekommen, logisch, wieso hätte man es sonst auch aus Ostdeutschland herauslassen sollen. Schneller als das Gerücht war die Kirchenbeitragsstelle Deutschlandsberg, die beiden eine Vorschreibung für die Kirchensteuer schickte, etwas langsamer die Staatspolizei in Graz, die von Hugo wissen wollte, ob er gedenke, sich in Österreich politisch zu betätigen. Abgesehen davon, daß sie zwei Jahre warten mußten, bis sie die unbefristete Aufenthaltsgenehmigung erhielten, und dann noch sechs bis zu ihrer Einbürgerung, abgesehen davon, daß Herta und er abends todmüde in ihre Betten fielen, außerstande, noch irgendwo mitzumachen, hatte er bald erkannt, daß sich Österreich in Politzonen, wie er es nennt, aufteilte, in denen sein Vorleben keinen Wert besaß. Als sie schon nach Graz übersiedelt waren, wo Peter, solange es sein gesundheitlicher Zustand erlaubte, eine Sonderschule besuchte, später in einer geschützten Werkstatt Staubkappen für Reifenventile fertigte, freundeten sie sich mit einer Familie an, die auf derselben Etage wohnte. Beim Blumengießen, auf Bitten der Nachbarn, die auf Urlaub gefahren waren, entdeckte Hugo in der anderen Wohnung die Fahne der ss-Standarte Brandenburg. Als Wandschmuck, im Schlafzimmer. Oder, sagt er: Der Schwiegervater einer Kusine, biederer Beamter im Landesschuldienst; wie Tante Lisa einmal entfährt, daß er auf dem Balkan bei der Partisanenbekämpfung eingesetzt war. Da war ich geschockt. Drittes Beispiel: Der Geschäftsführer der Firma für Büroartikel, die Hugo nach zwei Jahren abgeworben und als Verkaufsleiter für Graz und Umgebung eingesetzt hat: plaudert in einer Besprechungspause über seine glorreiche Zeit als Adjutant im Stab eines ss-Regiments. Viertens, ein Abgeordneter im Grazer Gemeinderat, der am Allerheiligentag, zur Gedenkfeier für die Opfer des Nationalsozialismus, auf dem Zentralfriedhof im weißen Uniformrock eines Bundesheeroffiziers erscheint: Mitglied der Kameradschaft IV, eines Veteranenvereins der Waffen-ss, wie sich später erweist. So war ich, sagt Hugo, wissentlich oder unwissentlich von Leuten umstellt, die indirekt meine Mutter auf dem Gewissen hatten.

Die Mappe mit ihren Briefen rührte er über Jahre nicht an. Einmal aus Überlastung und aus Angst, das Sichten der Dokumente würde ihn erst recht erschöpfen. Es ist um die Existenz gegangen in der Wirtschaft, da hat keiner gefragt: Bist du das, das, das? Ich hab müssen: verkaufen, verkaufen, verkaufen. Ich war im Dauerstress, mich wundert, daß ich so lange durchgehalten habe. Aber hauptsächlich ging es ihm darum, die eigenen Kinder zu schonen. Peter sowieso, der in seiner körperlichen Schwäche seelische Verstimmungen nicht auch noch ertragen konnte. Der Jüngere, der im Juni neunundsechzig geboren wurde, schnappte zwar einiges auf, in Gesprächen zu Hause und bei Ernestine, und einmal erhielten sie Besuch aus der Schweiz, von Heiner, dem Sohn des Ehepaars Scheu, auch bei dieser Gelegenheit kam die Familiengeschichte zur Sprache. Aber ich habe mich bemüht, sie nicht auf Hanno abzuwälzen, sagt Hugo. Und von sich aus hat er eigentlich nie Fragen gestellt.

Das Schicksal seiner Mutter hat Hugo trotzdem nicht losgelassen. Von Halle aus war er zweimal nach Ravensbrück gefahren. Dort die provisorische Gaskammer, von der nicht einmal die Grundmauern geblieben sind, im Beton die Kratzspuren der erstickenden Frauen und Kinder, in Gedanken stellte er das ukrainische Mädchen zu ihnen, für das Juliana gesorgt hatte, er konnte nicht anders. Sein erster Weg in Wien, nach der Ausreise aus der DDR, hatte ihn in die Löwelstraße geführt, in die Zentrale der Sozialistischen Partei. Aber Rosa Jochmann war nicht dagewesen. Er hatte ihr eine Nachricht hinterlassen, sie hatte geantwortet. Die Verbindung zwischen ihnen hielt bis zu ihrem Tod, mündete jedoch nie in eine persönliche Begegnung. Er schickte ihr Fotos von sich und seiner Familie und vertraute ihr seine Sorgen an, sie berichtete ihm ebenso offenherzig über eigene und fremde Krankheiten, die verlorene Freundschaft mit Ria Apfelkammer und die wachsende Enttäuschung über den Lauf der Welt. Im Dezember dreiundsiebzig schrieb sie: »Deine liebe Mutter kennengelernt zu haben, ist fürs ganze Leben ein Gewinn, sie war ein wunderbarer Mensch. Sie war nicht nur ein schöner Mensch, dies ist ja kein Verdienst, aber die Schönheit ihres Menschseins strahlte aus ihrem Gesicht und kein ss-Mann wagte es jemals, wenn sie ihn ansah, die Hand gegen sie zu erheben. Verzeih, daß ich Dir das schreibe, aber Du siehst ihr so ähnlich und lese ich Deine Briefe, dann weiß ich, daß Du nicht nur äußerlich das Erbe Deiner Mutter übernommen hast. Vielleicht ist Dein Vater einsam und arm, ich weiß es nicht, aber ich muß auch oft an ihn denken, denn Deine Mutter sprach auch von ihm nur Gutes, das wollte ich Dir nicht verschweigen.«

Im Jahr darauf begleitete ihn Herta zu einem Treffen der Lagergemeinschaft Ravensbrück, das »ohne Zählappell und ohne Angst vor der nächsten Stunde«, wie Rosa Jochmann in der Ankündigung geschrieben hatte, in einem Gewerkschaftsheim auf dem Semmering stattfand. Diesmal, so hoffte Hugo, würde er sie endlich kennenlernen; aber als sie eintrafen, hatte Jochmann, wegen eines Vortrags vor Betriebsräten, schon abreisen müssen. Mit den anderen Frauen kam er nicht richtig ins Gespräch. Sie waren, bei diesem Wiedersehen nach dreißig Jahren, aufeinander neugierig und miteinander beschäftigt, so daß er davor zurückschreckte, sie mit Fragen zu belästigen. Diejenigen, die er doch ansprach, hatten seine Mutter nicht gekannt. Und heute, glaubt er, kommt jede Suche zu spät.

Aber wenigstens eine Frau lebt, die sich an Juliana Salzmann erinnert. Friederike Furch, die damals noch Friederike Jaroslavsky hieß, war im Jänner zweiundvierzig, als siebzehnjähriger Bürolehrling, trotz verbüßter Strafe wegen kommunistischer Propagandatätigkeit nach Ravensbrück überstellt worden. Noch im selben Jahr kam sie auf Block 1. Blockälteste war damals Resi Kozderová, eine Wienerin, die schon vor dem Krieg in die Tschechoslowakei geheiratet hatte. Und auf demselben Block wie Furch, allerdings im anderen Trakt, auf der B-Seite, war auch Juliana Salzmann. Die beiden Frauen wußten nichts voneinander, wie denn auch, in der Baracke lagen sie zu Hunderten, außerdem unterstand Furch einem anderen Kommando; sie arbeitete nicht in der Näherei, sondern in einem Verwaltungsbüro, das in der sogenannten ss-Siedlung außerhalb des eigentlichen Lagers untergebracht war. Nur einmal wechselten sie ein paar Worte miteinander, nach dem Abendappell, als sie die Baracke zufällig gemeinsam betraten, dabei erzählte Juliana, daß sie in Stainz in der Steiermark daheim sei und einen Buben habe. Sie machte nicht den Eindruck einer todkranken oder verzweifelten Person, sagt Furch, die Juliana nach einigen Monaten, als sie auf einen anderen Block verlegt wurde, aus den Augen verloren hat. Daß die Frau im Lager umgekommen ist, davon hörte sie erst nach der Befreiung. Noch später, in Wien, zu Hause, aus einem Anlaß, den sie vergessen hat, kam sie auf Juliana zu sprechen. Daraufhin sagte ihr Mann (der Grafiker und Journalist Bruno Furch, Spanienkämpfer, der die Konzentrationslager Dachau und Flossenbürg überlebt hatte), daß er in Le Vernet einen Salzmann gekannt habe. Sie vermuteten, daß die beiden ein Ehepaar waren. Vor einigen Jahren, als sie schon verwitwet war, kam ihr Juliana Salzmann wieder in den Sinn: während einer Busreise, die sie auch durch Stainz führte, einen geschäftigen, zugleich beschaulichen Marktflecken, in dem nichts auf Hugos Mutter weist, nicht das Denkmal für die gefallenen Krieger, nicht die Wohnsiedlung an der Ziegelstadelstraße, die nach einem ehemaligen ss-Mann benannt ist, nicht einmal die eingemeißelten Buchstaben auf dem Grabstein der Familie Sternad: »Zur Erinnerung an unsere Lieben, die in fremder Erde ruhen«. Auf dieser Inschrift hatte Ernestine bestanden, sie sollte für ihren Mann ebenso wie für ihre Schwester gelten. Aber Julianas Asche wurde wahrscheinlich in den Schwedtsee gekippt, an dessen Ufer Ravensbrück liegt.

Ernestine starb am 14. Oktober 1989. Bis ins hohe Alter, ehe sie selbst von Herta gepflegt werden mußte, war sie für Hugo und seine Familie dagewesen. Sie hatte ihn leidenschaftlich gegen seinen Vater verteidigt, in einem Brief, den sie zu Weihnachten fünfundsechzig verfaßt, aber in der Annahme, er werde an Salzmanns Einstellung nichts ändern, nie abgeschickt hatte. Der Schlußsatz lautete: »Wenn Du schreibst, daß die Bande zwischen Vater und Sohn zerrissen sind, dann frage ich Dich: Haben denn welche jemals bestanden?« Das Vertrauen, das sich zwischen ihr und Peter gebildet hatte, hielt auch dann noch, als sie wieder allein in ihrem Häuschen lebte. Zu den Feiertagen fuhr sie mit dem Bus nach Graz oder ließ sich von Hugo mit dem Auto abholen. Einen Teil der Sommerferien verbrachte die Familie, zu dritt, dann zu viert, ohnehin bei ihr, erst zwei Wochen Stainz, danach zwei Wochen Caorle, wegen der lindernden Wirkung von Meerwasser und Sand. Peter war wortkarg, dabei feinfühlig und dankbar. Er sagte ihr nie, wieviel ihm ihre Gegenwart bedeutete, aber sooft Ernestine sich über ihn beugte, kam etwas Helles in sein Gesicht, und sie freute sich, wenn sie ihn ein paar Tage lang verwöhnen durfte. Deshalb waren Herta und Hugo mit dem jüngeren Sohn auch guten Gewissens verreist, im Juli oder August achtundsiebzig, um Lore in Frankfurt, Hannelore in einem Dorf im Taunus zu besuchen.

Schon gegen Ende ihres Aufenthalts dort, eines Morgens nach dem Frühstück, sagte Lore unvermittelt: Fahrt doch rüber nach Kreuznach, zu deinem Vater.

Meinst du wirklich?

Was kann schon schiefgehen. Schlimmstenfalls verrammelt Maja die Bude, oder er wirft euch hochkant raus. Dann kannst du Herta und dem Jungen immer noch deine Geburtsstadt zeigen.

Versuchen sollten sie es, davon war auch Herta überzeugt.

In der Robert-Danz-Straße 5, auf dem Eckgrundstück, stand unverändert das Haus, daneben eine solide Holzhütte, die es zu Hugos Zeiten nicht gegeben hatte. Er sah schon von weitem, daß sein Vater im Garten hantierte,

hielt aber erst zwei Straßen weiter und blieb bei abge-
schaltetem Motor hinter dem Steuer sitzen, bis Herta
sein Gesicht zwischen ihre Hände nahm.

Geh zu ihm, sagte sie leise.

Sie stiegen aus, er hängte sich seine Kamera über die
Schulter, dann liefen sie die Straße hoch, schlenderten
den Zaun entlang, zwei Spaziergänger mit Kind, die ste-
henblieben, um die Figur im Garten zu bewundern, die
Salzmann aus dem Stumpf eines umgesägten Kirschbaums
geschnitzt hatte. Sie grüßten und wurden gegrüßt.

Das haben Sie wunderbar gemacht, sagte Hugo.

Sein Vater kam näher. Er war mager geworden, kleiner, als Hugo ihn in Erinnerung hatte, er hatte schütte-
res Haar, und er atmete schwer. Aber der Klang seiner
Stimme war fest wie früher.

Wollen Sie noch mehr sehen, fragte er.

Gern, sagte Herta.

Salzmann schob den Riegel an der Gartentür zurück,
ließ sie eintreten, dann ging er ihnen voran in seine Werkstatt, den Schuppen, wo Regal und Tisch vollgestellt waren
mit gedrungenen, hinfälligen, kraftstrotzenden, gedanken-
verlorenen Gestalten. Ein Mann mit trotzig verschränk-
ten Armen und hochgezogenen Schultern, ein anderer,
der seine leeren Hände beschwörend erhob. Ein Lakai,
der sich fast bis zum Boden verneigte, einen Arm in der
Beuge, den andern weit nach hinten gestreckt: in froher
Erwartung eines Fußtritts. Zwei stämmige Frauen mit
Henkelarmen, spöttisch und siegesgewiß. Ein Bajazzo im

weiten, schlotternden Wurzelgewand. Eine alte Frau mit Kopftuch, in Eibentrauer erstarrt.

Während sie sich Salzmanns Erläuterungen anhörten, dabei von einer Plastik zur nächsten rückten und mit den Fingerkuppen, mit dem Handteller über das Holz strichen, zückte Hugo immer wieder die Kamera, als könnte er mit ihr etwas einfangen, das ihm nicht zuteil geworden war. Nach einer Weile bemerkte Salzmann, wie andächtig der Junge das Bildnis einer Afrikanerin betrachtete. Nimm es, sagte er, gehört jetzt dir.

Wir sind, sagt Hugo, vielleicht eine Stunde dagewesen. Ich habe mich meinem Vater immer noch nicht zu erkennen gegeben. Wir sind wieder hinausgegangen, und wie wir schon an der Gartentür stehen, ihm danken und uns verabschieden wollen, sagt er zu Hanno: Wie heißt du denn? Hanno Salzmann. Da dreht er sich wortlos um, geht wieder zur Werkstatt und holt eine kleine, aus einer Faßdaube geschnitzte Figur hervor. Das ist der Zufriedene, sagt er zu Hanno, den sollst du auch haben. Dann schaut er mich an, schaut meine Frau an, dreht sich um und geht langsam zum Haus, wo ihn ein Hustenanfall dermaßen schüttelt, daß er sich mit einer Hand gegen die Wand stützt. Hustend wirft er uns einen letzten Blick zu, und wir gehen.

Ermutigt vom Erleben seines Vaters, wollte Hugo den Ausflug nach Bad Kreuznach auch zu einem Wiedersehen mit Tante Tilla nutzen. In einer Gasse hinter dem

Kornmarkt war das Haus, in dem er sie und ihre Tochter besucht hatte. Er fand es auf Anhieb. Aber auf dem Türschild stand ein fremder Name. Mit seiner Stiefschwester traf er sich, auf Lores Zureden, in einem Straßencafé am Frankfurter Römer. Juliane hatte in München studiert, das war ihm bekannt, sie war Lehrerin geworden, er glaubt sich zu erinnern, daß sie Strafgefangene unterrichtet hat, was ihn verwunderte. Stockendes Gespräch, eine halbe Stunde lang. Danach kein Kontakt mehr, bis heute. Warum auch, warum nicht.

Der Tod seines Vaters, im Jahr darauf, wurde ihm nur von Lore mitgeteilt. Die Witwe unterließ es, ihn zu verständigen. Kann sein, sie erfüllte damit den Willen des Verstorbenen. »Unversöhnt ist er gegangen«, schrieb Lore.

Im Stadtteil In den Weingärten gibt es seit Oktober 2004 eine Hugo-Salzmann-Straße. In der Begründung für die Namensgebung hieß es: »Die Stadt ehrt damit einen Mann, der sich um Bad Kreuznach verdient gemacht hat. Hugo Salzmann kämpfte als Gewerkschafter für die Entschädigung der Opfer und gegen das Vergessen der Nazi-Verbrechen.«

Zum Zeitpunkt der Straßenbenennung lag die Jagd auf Hanno Salzmann Jahre zurück. Zwölf waren vergangen, seit er an seinem damaligen Arbeitsplatz, einem Grazer Baumarkt, einem Verkäufer gegenüber erwähnt hatte, unter welchen Umständen seine Großmutter gestorben sei.

Der hatte es gleich herumerzählt, worauf Hanno von einem zweiten Kollegen als »Buchenwald-Bubi« gehänselt wurde. Das würde ihm, glaubte er, nicht wieder passieren. Zum einen, weil er sich geschworen hatte, mit Auskünften über seine Familie zu geizen, zum andern wegen seiner Überzeugung, daß in der Steiermärkischen Gebietskrankenkasse solche und ähnliche Äußerungen nicht geduldet würden. Er schloß dies aus der freundschaftlichen Beziehung, die sein Vater zu Karl Gugl unterhielt, dem Obmann des Vereins der Naturfreunde, der aus seiner antinazistischen Einstellung kein Hehl machte. Gugl hatte bis zu seiner Pensionierung die Wirtschaftsabteilung der Krankenkasse geleitet. Er war es auch, der Hannos Bewerbung unterstützt hatte, sein Wort hatte dort immer noch Gewicht.

Am ersten Arbeitstag bekam Hanno wie selbstverständlich ein Blatt Papier vorgelegt, Beitrittserklärung zur SPÖ, er unterschrieb, weil er sie, wie seine Eltern, als die Partei Rosa Jochmanns ohnehin immer gewählt hatte. Überrumpelt und ein wenig gedemütigt fühlte er sich trotzdem. Nachteile würden ihm keine erwachsen, dachte er. Er rechnete nicht mit dem Mitteilungsbedürfnis seines Freundes Jochen Koraus, dem er anvertraut hatte, was eigentlich kein Geheimnis sein durfte und ihn jedesmal, wenn er daran dachte, mit einer vagen Mischung aus Trauer, Wut und Stolz erfüllte. Koraus, der in einer Konsumfiliale die Einkaufswagen zusammengeschoben hatte, bevor er in der Krankenkasse untergekommen war, wofür er sich vermutlich erkenntlich zeigen wollte, sowohl durch Unterwürfigkeit dem Abteilungsleiter gegenüber als auch durch Hinterbringen wissenswerter Details aus Hannos Familiengeschichte.

Eine ᴋᴢlerin zur Großmutter. Dazu der behinderte Bruder. Der Vatername. Aus diesen Elementen speiste sich Hannos Alptraum, der fast vier Jahre währte. In ihm erschien als erster Radinger, als zweiter Scheffler, als dritter Prammer, als vierte Kudlich. Zwischendurch Gruppenleiter Kropf, und natürlich Abteilungsleiter Gruber. Hermann Gruber, reizbares Schwergewicht, vor dem alle Schiß hatten, dem sogar der Generaldirektor aus dem Weg ging. Später kamen andere hinzu, ein stellvertretender Gruppenleiter namens Thaler, der Leiter der Personalabteilung Polanc.

Franz Radinger ließ nur wenige Tage verstreichen, ehe er sich vor Hannos Schreibtisch aufbaute: Salzmann, das ist ja ein jüdischer Name! Hanno, überrascht, wußte zunächst nicht, wie er darauf reagieren sollte. Noch widerstrebte es ihm, in Radingers triumphierendem Tonfall, wie von einem, der hinter ein gut gehütetes, schreckliches Geheimnis gekommen ist, eine böse Absicht zu vermuten. Er machte schweigend weiter, über die Arbeitsblätter gebeugt, auf denen er die Versicherungsdaten anhand der elektronisch erstellten Fehlerlisten überprüfen mußte. Oder er zuckte die Achseln und sagte, über seinen Namen habe er sich noch nie den Kopf zerbrochen. Möglich also, daß es beim ersten Mal dabei blieb, daß auch Radinger die Arbeit wieder aufnahm. Überliefert jedoch ist, daß dieser sich von Hannos Zurückhaltung nicht beirren ließ. Daß er immer wieder auf den Namen Salzmann zu sprechen kam, nicht glauben wollte, daß der andere kein Jude sei, dessen zunehmend gereizten Einwurf überhörte, es sei auch völlig irrelevant, ob der Name oder er selbst jüdisch wäre, bald dazu überging, das äußere Erscheinungsbild des jüngeren Kollegen als typisch jüdisch zu beschreiben: die hohe Stirn, den geraden Haaransatz, die krumme Nase (die nicht krumm war, aber besteht ein Trick der Juden nicht gerade darin, arischer auszusehen als ein Arier). So ging das über Wochen, Monate. Es half nichts, daß Hanno sich schon nach der zweiten oder dritten Attacke bei ihrem Gruppenleiter beschwert hatte; Kropf schickte ihn mit Radinger zum Abteilungsleiter, der im Beschwerdeführer den eigentlichen Unruhestifter erkennen wollte. Wenn keine Ruhe ist, sagte er zu Hanno, dann fliegen Sie. Radinger indes durfte weitermachen, trotz Grubers Ratschlag, solche Töne nur am Wirtshaustisch anzuschlagen (Radingers Vater war Bürgermeister einer Landgemeinde, Träger der Viktor-Adler-Medaille, wer weiß, ob er im Ernstfall nicht lästige Fürsprecher in der Partei hätte), und die anderen Kollegen saßen solange schweigend und mit gesenkten Köpfen an ihren Tischen. Nur wenn sie allein mit Hanno im Zimmer waren, zeigten sie sich entrüstet. Wie geschmacklos Radingers Äußerungen doch seien. Aber eine machte in der Abteilung die Runde und wurde bei jeder passenden und unpassenden Gelegenheit wiederholt, der Ausruf »Das war Spitze!«, begleitet von einem kleinen Luftsprung, wenn möglich mit abgewinkelten Beinen und erhobenen Armen, eine Szene, die alle Dutzende Male im Fernsehen gesehen hatten, in der Quizsendung »Dalli Dalli«, dargeboten vom Schauspieler Hans Rosenthal. Vom Juden Rosenthal, wie jedermann wußte.

Ende März oder Anfang April vierundneunzig war Hans Jörg Scheffler wegen nicht näher bekanntgewordener Dienstverletzungen aus der Abteilung Evidenz in Hannos Gruppe versetzt worden. Ein kräftiger mittelgroßer Mann Anfang fünfzig, auffällig nur durch sein forciertes Bemühen, den oststeirischen Dialekt hochdeutsch zu bändigen. Aber am 1. Juni, vormittags gegen elf, stürmte er in das Zimmer, das Hanno damals mit dem körperbehinderten Gregor Drnovsek teilte, und verkündete: Sieg Heil, Hitler lebt, ›Mein Kampf‹ muß man gelesen haben! Nach einer Schrecksekunde meinte Hanno, wie er so etwas nur sagen könne, worauf Scheffler, ohne den Fragesteller aus den Augen zu lassen, Juden als schlechte und gemeine Menschen bezeichnete, die außerdem faul seien und den andern nur das Geld aus der Tasche zögen. Deshalb sei es auch richtig gewesen, daß Hitler die Juden vernichtet habe, genauso wie die Behinderten, die keine Lebensberechtigung hätten und weggehörten. Unter Hitler habe es auch keine Arbeitslosen und keine Punker gegeben.

Wie sich herausstellte, hatte Scheffler schon zwei Tage

zuvor im Beisein einer Kollegin, der promovierten Historikerin Sylvia Lubienski, während der Arbeit ohne erkennbaren Anlaß zu schimpfen begonnen, »die Juden würden uns alles wegnehmen und seien zu wenige im KZ gelandet«. Lubienski hatte das Zimmer daraufhin mit der Bemerkung verlassen, daß es ihr reiche. Gemeinsam mit ihr und Drnovsek meldete Hanno den Vorfall, zu dritt setzten sie ein Protokoll auf, das von der Direktion der Gebietskrankenkasse mit dem Ersuchen, »ob die bezüglichen Äußerungen einen strafrechtlich relevanten Tatbestand erfüllen«, an die Staatsanwaltschaft Graz weitergeleitet wurde. Mitte August bestätigten die Zeugen vor dem Untersuchungsrichter ihre Aussagen, deren Wahrheitsgehalt von Scheffler in Abrede gestellt worden war, zwei Wochen später wurden die Vorerhebungen von der Staatsanwaltschaft Graz mit dem Vermerk eingestellt, daß »kein Grund zur weiteren Verfolgung des Hans Jörg Scheffler wegen der ihm angelasteten inkriminierten Äußerungen gefunden wird«. Für ihn hatte die Affäre nicht mehr zur Folge, als daß er erneut in eine andere Abteilung versetzt wurde. Was sie hingegen für die Zeugen bedeutete, darüber möchte Sylvia Lubienski noch mehr als fünfzehn Jahre später unter keinen Umständen sprechen.

Seien Sie mir nicht bös, aber die Sache hat mir damals so viel Ärger eingebracht, ich will damit absolut nichts zu tun haben.

Grund anzunehmen, daß sie Hanno ebenso großen

oder noch größeren Ärger eingebracht hat. Zwar wurde er im November 1994 in der jährlich vorgenommenen Dienstbeschreibung mit der Note gut beurteilt. Kurz darauf bestand er, beim ersten Antreten, die Allgemeine Verwaltungsprüfung nicht. Das war nichts Außergewöhnliches, Radinger zum Beispiel war schon dreimal durchgefallen. Aber nur fünf Wochen nach der ersten Dienstbeschreibung erfolgte eine zweite, unzulässigerweise von Abteilungsleiter Gruber persönlich angefertigt, in der Hanno als zur Zusammenarbeit nicht geeignet, ferner als unsicher und kontaktarm beschrieben wurde. Trotzdem hätte die Punkteanzahl noch eine positive Note ergeben, weswegen Gruber unter Hinweis auf die verpatzte Prüfung die Gesamtbeurteilung auf »nicht entsprechend« abänderte. Es ging das Gerücht um, Salzmann solle auf Grundlage dieser widerrechtlichen Bewertung gekündigt werden. Daraufhin starteten die gewerkschaftlichen Vertrauensleute eine Unterschriftenaktion für seinen Verbleib, an der sich hundert von den insgesamt hundertzwanzig Bediensteten der Abteilung beteiligten. Gruber, der auf Urlaub gewesen war, tobte. Die Vertrauensleute wurden einzeln, zu einem Gespräch unter vier Augen, in sein Büro gerufen, die meisten von ihnen verließen es blaß und auf zittrigen Beinen. Sie hatten nicht den Dienstweg eingehalten, sondern sich mit der Petition gleich an den Generaldirektor des Unternehmens gewandt, der es abgelehnt hatte, sie entgegenzunehmen. Statt dessen hielt er im Beisein des Personalleiters und des Betriebsratsvorsitzenden in einem Aktenvermerk fest, daß Hanno Salzmann im Zusammenhang mit rassistischen Bemerkungen gegen ihn ermahnt und dringlich aufgefordert worden sei, »nicht mehr so hochsensibel zu reagieren und selbst auch alles dazu beizutragen, daß sich derartige Vorfälle möglichst nicht wiederholen.« Und Gruber zur gleichen Zeit, zu Hanno: Natürlich dürfen Sie wieder zur Verwaltungsprüfung antreten. Sofern Sie dann noch bei uns arbeiten.

Sofern Werner Prammer ihn bis dahin nicht schon rausgeekelt hatte. Nach einem Gedächtnisprotokoll des Ferialpraktikanten Günter Jandl, der von Hanno Salzmann Anfang August fünfundneunzig eingeschult worden war, sei dieser von Prammer »massiv und mit derben Beschimpfungen« bedrängt worden. »Er ging grundlos zum Schreibtisch des Salzmann und beschimpfte ihn folgendermaßen: ›Hanno, du Schwollschädl.‹ ›Bist du eine Zangengeburt?‹ ›Leidest du an einem Verfolgungswahn?‹ Vor anderen Mitarbeitern grüßte er ihn täglich mehrmals mit ›Schalom‹! Wenn Salzmann lachte, fragte er ihn z.B.: ›Warum lachst du so blöd, du Schwein!‹ Prammer äußerte sich verächtlich vor anderen Mitarbeitern im Beisein von Kropf und Berger, Salzmann sei ein ›Oberrabbiner‹. Auch würde er es schon noch schaffen, daß er ihn deppert macht! Dies alles, um Salzmann zu provozieren. Diese Diskriminierungen sind fast immer im Beisein des Gruppenleiters Kropf erfolgt, ohne daß dieser eingegriffen hätte.« Jandl verfaßte dieses Protokoll am Abend seines letzten Arbeitstages. Jetzt kann mir nichts mehr passieren, sagte er zu Hanno. Davor hatte er, zu Prammers Angriffen und Kropfs Weghören, ebenso fassungslos geschwiegen wie Hannos Kollege Berger. »Berger war zur Zeit dieser Vorfälle im Zimmer anwesend. Er verhielt sich ruhig, war allerdings, wenn wir nur zu dritt waren, zutiefst enttäuscht und verurteilte diese bewußt gesteuerten Angriffe.« Auch Berger hatte einen Grund, vorsichtig zu sein: Er arbeitete erst seit kurzem bei der Krankenkasse.

In Grubers Büro ging es inzwischen, gegenüber Hanno, in der alten Gangart weiter. Wenn nicht gleich eine Ruhe ist, dann sind Sie die längste Zeit hiergewesen. Einmal hatte sich der Abteilungsleiter auch von seiner menschlichen Seite zeigen wollen.

Ich hab nichts gegen Juden.

Ich bin kein Jude.

Gruber ließ den Kopf nach vorne fallen, wie er es immer tat, wenn es ihm darum ging, seinen Worten eine besondere Tiefe anmerken zu lassen.

Mich hat euer Volk immer interessiert. Ich hab mir sogar einen alten jüdischen Friedhof angeschaut, in Wien, irgendwo im Neunten Bezirk. Wirklich beeindruckend.

Weil wegen Prammers Beschimpfungen immer noch nicht die geforderte Ruhe eingekehrt war, wurde Hanno ins Archiv versetzt, in die Außenstelle in der Conrad-von-Hötzendorf-Straße, wo er für die Rechnungsprüfer die Unterlagen der Dienstgeber ausheben und zusammenstellen mußte. Aufatmen, zum ersten Mal seit Radingers rassenkundlichen Diagnosen. Morgens angstfrei ins Büro kommen, nachmittags gutgelaunt vom Schreibtisch aufstehen, am Sonntagabend ohne Magenschmerzen an die kommende Arbeitswoche denken. Die Prüfer waren zufrieden mit ihm, so gut wie jetzt habe es mit der Aktenvorbereitung noch nie geklappt. Kein Wunder also, daß Hanno in seiner dritten Dienstbeschreibung, vom 25. Juni 1996, wie beim ersten Mal mit der Gesamtnote gut beurteilt wurde.

Es hätte so dahingehen können. Hanno hätte seine Verfolger abgeschüttelt. Sobald er genügend Selbstvertrauen gefaßt hätte, höchstens in einem Jahr, wäre er zur Verwaltungsprüfung angetreten, hätte sie bestanden, wäre allmählich vorangekommen. Nicht allzu weit, an einer glänzenden Karriere lag ihm nichts, nur daran, in Frieden mit sich und seiner Umgebung zu leben. Niemandem zu schaden, zu den schon erlittenen keine neuen Schäden hinnehmen zu müssen. Er hatte keine überzogenen Wünsche. Vielleicht den, daß außer seinen Eltern, seinem Bruder, dem Schatten seiner Großmutter, wegen deren Schicksal die alle auf ihn losgegangen waren, jemand bei ihm, an seiner Seite sein werde, in einer nahen Zukunft. Und daß seine Eltern den Kummer loswurden, mit dem er sie ungewollt angesteckt hatte, weil er bei ihnen Trost und Hilfe gesucht hatte, heute ist in der Kasse wieder das und das passiert, der Radinger hat, und Prammer ist, und dieser Gruber… Trost gegen Kummer, ein schlechtes Tauschgeschäft für seine Eltern, er fürchtete es, er sah die Folgen, zwei mitleidende machtlose Menschen, schon bisher in ständiger Sorge, weil Peters Zustand sich laufend verschlechterte, die Mutter vor allem, die den älteren Sohn zu Hause pflegte, seit er für das Behindertenzentrum zu schwach geworden war, und irgendwann fing Hanno an, sie zu schonen, nicht alles weiterzuerzählen, was er an seinem Arbeitsplatz zu hören gezwungen war, auch nicht dem Vater, den das Geschehen zusätzlich bedrückte, weil es sich mit dem Leiden seiner Mutter Juliana verknüpfte und er keinen gefunden hatte, mit dem er wirklich offen darüber zu sprechen vermochte, so wie er, Hanno, niemanden außerhalb der Familie fand, mit dem er sich austauschen konnte.

Das letzte Unglück begann, als gegen Jahresende sechsundneunzig eine junge Frau namens Mona Kudlich als Karenzvertretung eingestellt wurde. Sie hatte im wesentlichen nichts anderes zu tun, als die Dienstgeber der Versicherten anzurufen, zwecks Terminvereinbarung mit den Prüfern. Effektiv sollte sie zu Ende bringen, was Radinger angefangen und Scheffler fortgesetzt hatte, woran Prammer gescheitert war, und es gelang ihr mittels beleidigender Äußerungen, höhnischer Kommentare, grober Anspielungen auf das vermutete Privatleben ihres Kollegen und eindeutiger Drohungen, sich über ihn wegen angeblicher Verfehlungen an höherer Stelle zu beschweren. Auch Kudlich machte es sich zur Gewohnheit, aufzuspringen, sich vor Hanno hinzustellen und mit schriller Stimme zu rufen: »Das war Spitze!« Zwischendurch entschuldigte sie sich für ihr Verhalten, machte tags darauf unverdrossen weiter.

Ende März, am Gründonnerstag 1997, streute Kudlich kleine bunte Zuckereier von der Zimmertür den Gang entlang über die Stufen hinauf in den ersten Stock.

Schau, was der Chef für ein schönes Ostergeschenk hat, sagte sie. Aufheben, alle!

Wie aus Gewohnheit bückte sich Hanno, um die nächstliegenden einzusammeln. Erst dann empfand er die Situation als derart entwürdigend, daß er sich aufrichtete, die Eier in seiner Hand einfach fallen ließ und mit den Worten, er sei kein kleiner Bub mehr, an seinen Platz ging.

Kudlich war so entgeistert von seiner Weigerung, daß sie ihn mit offenem Mund anstarrte. Dann stand sie auf, strich sich den Rock glatt und stöckelte aus dem Zimmer. Nach zehn Minuten kam sie zurück.

Thaler will dich sprechen. Sofort.

Machen Sie keine Geschichten, sagte der stellvertretende Gruppenleiter zu Hanno. Irgendwer muß die Eier ja aufheben.

Daraufhin verlor Hanno, allein mit Kudlich, seine Beherrschung. Eine hinterfotzige Person sei sie, und ein selten mieser Charakter, sie solle ihn endlich in Ruhe arbeiten lassen. Geschrei, Türeknallen, großer Abgang.

Als er, zehn Urlaubstage später, an seinen Arbeitsplatz zurückkehrte, wurde er von Thaler schon erwartet: Personalleiter Polanc wünsche ihn umgehend zu sprechen. Thaler selbst hatte in der Zwischenzeit mit Kudlich ein Protokoll angefertigt, über die ungeheuerlichen Ausdrücke, mit denen Hanno seine Kollegin bedacht habe, er bekam es statutenwidrig nie zu Gesicht.

Die anderthalbstündige Unterredung mit dem Personalleiter sei, laut Hanno, von Anfang bis zum Schluß wie ein Verhör abgelaufen. Er habe gar keine Gelegenheit bekommen, die Anschuldigungen und Verdächtigungen zu entkräften. Polanc habe ihm vorgeworfen, daß er schon in der vorigen Abteilung laufend angeeckt sei, und betont, daß sein Verhalten nicht länger toleriert werde. Besonderes Interesse habe Polanc für sexuelle Themen entwickelt, die vorgeblich zwischen Kudlich und ihm erörtert worden seien, darüber müsse er ihm ganz genau Auskunft geben, da lasse er ihn nicht los. Polanc habe, mit lauerndem Unterton, gefragt, ob er mit Kudlich in deren Wohnung gewesen sei. Er habe die Frage zweimal wiederholt: Wirklich nicht? Ob er mit der Kollegin auch außerdienstlich verkehrt sei, zum Beispiel sich mit ihr auf einen Kaffee getroffen habe. Wie zur Rechtfertigung seines peinlichen Wissensdrangs habe Polanc gemeint, daß er sich mit den Mitarbeitern über die verschiedenen Arten von Sexualität unterhalte, das sei ganz normal. Das Ersuchen, ihn doch in ein anderes Ressort zu versetzen, habe Polanc mit den Worten ausgeschlagen, das habe keinen Sinn, er, Salzmann, würde auch dort wieder Feindbilder sehen. Die Kasse sehe sich gezwungen, sich ein für allemal von ihm zu trennen.

Das war am siebten April. Am zehnten traf, per Eilboten, das Kündigungsschreiben ein. Schon am achten hatte, aufgebracht und verzweifelt über die bevorstehende Entlassung, Hannos Mutter mit dem zuständigen Gruppenleiter, anschließend mit dem Generaldirektor der Gebietskrankenkasse telefoniert. Während des fruchtlosen Gesprächs mit dem Direktor, der sich kurz angebunden zeigte, erlitt sie einen Schlaganfall. Als Hugo, der zum Glück hinter Herta gestanden war, ihr ungewöhnliches Verhalten registriert und sofort den Notarzt gerufen hatte, ein paar Wochen später in der Bezirksparteileitung der SPÖ davon berichtete, erhielt er von einem Funktionär zur Antwort: Warum telefonieren Sie nicht selber, wenn Sie wissen, daß Ihre Frau so schwache Nerven hat.

Die fristlose Entlassung wurde von Hanno Salzmann wegen Sittenwidrigkeit angefochten und per 30. Juni 1997 vor dem Arbeitsgericht in eine einvernehmliche Lösung des Dienstverhältnisses umgewandelt. Er litt noch lange unter Schlafstörungen und Angstzuständen. Als völlig illusorisch erwies sich die Forderung an sozialdemokratische Politiker, ihm zu einem neuen Arbeitsplatz zu verhelfen, als Entschädigung dafür, daß ihre Parteifreunde in der Krankenkasse ihn um seinen bisherigen gebracht hatten. Ein loses Versprechen des Bürgermeisters Alfred Stingl, zufällig an die Empfehlung gekoppelt, bei den bevorstehenden Gemeinderatswahlen für ihn zu stimmen, unverbindliche und ergebnislose Aussprachen mit Parteifunktionären und Amtsträgern, mit immer größeren

Intervallen zwischen den Gesprächsterminen, bis der Skandal, in der öffentlichen Wahrnehmung, von noch größeren Skandalen verdeckt wurde. Hugos zunehmend erbitterte, fahrige Anstrengungen, daß die Welt Kenntnis nehme von diesem Unrecht, zeitigten wenig Erfolg. Auch Simon Wiesenthal mußte sich bei seinem Versuch, den damaligen Bundeskanzler Viktor Klima auf »derartige Vorkommnisse in einer öffentlichen Körperschaft bzw. in seiner Parteiorganisation« hinzuweisen, von einem Sekretär abwimmeln lassen. Zwei Zeitungsartikel erschienen, in denen, unbestritten von der Direktion der Steiermärkischen Gebietskrankenkasse, Hanno Salzmann als Opfer eines antisemitisch motivierten Mobbings ausgewiesen wurde. Ein dritter, der dem Betriebsratsvorsitzenden des Unternehmens die Gelegenheit bot, Hanno als einen »Unruhestifter, der im sozialen Verhalten ein Problem hat« zu bezeichnen.

Die paradoxe Tatsache, daß Hanno Salzmann als Jude, der er nicht ist, verfolgt worden war, fiel selbst denen nicht auf, die über die Vorfälle in der Krankenkasse entrüstet waren – im nachhinein und natürlich ohne »unmittelbare Möglichkeit, in die Situation einzugreifen«, wie Heinz Fischer, der damals Präsident des österreichischen Nationalrats war, in einem Schreiben an seinen Genossen Gugl beteuert hat, »aber ich würde mich sofort zur Verfügung stellen, wenn ich benachrichtigt werde, daß Herr Hanno Salzmann in irgendeiner Weise aufgrund seiner Herkunft angegriffen oder diskriminiert wird«. Zu wessen Verfügung, aufgrund welcher Herkunft. Und warum im falschen Konditional.

Angenommen, daß Hanno Salzmann zwei Jahre lang Arbeit sucht; endlich am Fließband einer Fabrik dreißig Fahrminuten außerhalb der Stadt anfangen darf; sich hocharbeitet zum Meßtechniker; von seinem Gruppenleiter mehrmals für Fleiß und Genauigkeit belobigt wird; wirklich kein Wort über die Geschichte seiner Familie fallenläßt; eines Tages im Februar 2006, während der Vormittagsschicht, die von sechs bis vierzehn Uhr dauert, am Meßgerät stehend in seine Arbeit vertieft ist, so daß er die Schritte, die näher kommen, nicht wahrnimmt; von einem Knall, knapp neben seinem rechten Ohr, einige Sekunden lang betäubt ist; herumfährt und in die lachenden Gesichter von drei Arbeitskollegen blickt; denjenigen, der den aufgeblasenen Papiersack zerplatzen hat lassen, sagen hört: Das nächste Mal ist Gas drinnen; aufschreit vor Schreck und Wut und vom zweiten zurechtgewiesen wird: Reg dich nicht auf, sonst kannst du gleich in deine Heimat zurückgehen.

Daß der mit dem ersten Satz sich bei Hanno am nächsten Tag entschuldigt, der mit dem zweiten kurz darauf entlassen wird, wegen einer anderen Verfehlung.

Daß die Geschichte also unentschieden endet, vorläufig.

Die mit den Namen Koraus, Radinger, Scheffler, Prammer, Kudlich, Kropf, Gruber, Thaler und Polanc bezeichneten Personen heißen in Wirklichkeit anders, bleiben aber an ihren Verhaltensweisen und Äußerungen kenntlich.

Lore Wolf ist 2006 gestorben; ihre Erinnerungen sind unter dem Titel ›Ein Leben ist viel zuwenig‹ 1973 im Verlag Neues Leben erschienen. Die unveröffentlichten Aufzeichnungen von Hugo Salzmann sen. befinden sich in Hermann W. Morweisers Antifa-Archiv in Ludwigshafen. Heimo Halbrainer in Graz und Joachim Hennig in Koblenz haben sich eingehend mit der Verfolgungsgeschichte des Ehepaars Hugo und Juliana Salzmann befaßt; die Ergebnisse ihrer verdienstvollen Nachforschungen sind in diese Erzählung eingegangen.

In memoriam Peter Salzmann, der am 24. November 2009 in Graz verstorben ist.

Erich Hackl
im Diogenes Verlag

»Seine Fähigkeit, aus den zur Meldung geschrumpften
Fakten wieder die Wirklichkeit der Ereignisse zu ent-
wickeln, die Präzision und zurückgehaltene Kraft der
Sprache lassen an Kleist denken.«
Süddeutsche Zeitung, München

»Erich Hackl schreibt ›Chroniken‹, wie er selbst sagt,
›Musterstücke des Weltlaufs‹, die erzählen, was sich
tatsächlich ereignet hat – und doch keine Historien
sind, sondern Literatur, die an das Vorbild Heinrich
von Kleists erinnern.«
Ruth Klüger / Die Welt, Berlin

Auroras Anlaß
Erzählung

Abschied von Sidonie
Erzählung

*Materialien zu Abschied
von Sidonie*
Herausgegeben von Ursula Baum-
hauer

König Wamba
Ein Märchen. Mit Zeichnungen von
Paul Flora

Sara und Simón
Eine endlose Geschichte

In fester Umarmung
Geschichten und Berichte

*Entwurf einer Liebe
auf den ersten Blick*
Erzählung

*Die Hochzeit
von Auschwitz*
Eine Begebenheit

Anprobieren eines Vaters
Geschichten und Erwägungen

Als ob ein Engel
Erzählung nach dem Leben

Familie Salzmann
Erzählung aus unserer Mitte

Hartmut Lange
im Diogenes Verlag

»Hartmut Langes Phantasien verstören ebenso wie sie betören. Seine klare, schnörkellose Sprache, sein bis auf das Wesentliche, das Notwendigste verknappter Stil vermögen eine Dramatik zu erzeugen, die überrascht und in den Bann schlägt. Nur wenige beherrschen die hohe Kunst der Novelle wie er. Zeitlose Prosa.« NDR *Kultur, Hannover*

»Die mürbe Eleganz seines Stils sucht in der zeitgenössischen Literatur ihresgleichen.«
Frankfurter Allgemeine Zeitung

Die Waldsteinsonate
Fünf Novellen

Die Selbstverbrennung
Roman

Das Konzert
Novelle
Auch als Diogenes Hörbuch erschienen, gelesen von Charles Brauer

Tagebuch eines Melancholikers
Aufzeichnungen der Monate Dezember 1981 bis November 1982

Die Ermüdung
Novelle

Vom Werden der Vernunft
und andere Stücke fürs Theater

Die Stechpalme
Novelle

Schnitzlers Würgeengel
Vier Novellen

Der Herr im Café
Drei Erzählungen

Eine andere Form des Glücks
Novelle

Die Bildungsreise
Novelle

Das Streichquartett
Novelle

Irrtum als Erkenntnis
Meine Realitätserfahrung als Schriftsteller

Gesammelte Novellen
in zwei Bänden

Leptis Magna
Zwei Novellen

Der Wanderer
Novelle

Der Therapeut
Drei Novellen

Der Abgrund des Endlichen
Drei Novellen

Bernhard Schlink
im Diogenes Verlag

»Schwungvoll geschriebene, raffiniert gebaute Romane, in denen die politische Aktualität und die deutsche Vergangenheit präsent sind.«
Dorothee Nolte / Der Tagesspiegel, Berlin

»Bernhard Schlink gehört zu den Autoren, die sinnlich, intelligent und spannend erzählen können – eine Seltenheit in Deutschland.«
Dietmar Kanthak / General-Anzeiger, Bonn

»Bernhard Schlink gelingt das in der deutschen Literatur seltene Kunststück, so behutsam wie möglich, vor allem ohne moralische Bevormundung des Lesers, zu verfahren und dennoch durch die suggestive Präzision seiner Sprache ein Höchstmaß an Anschaulichkeit zu erreichen.« *Werner Fuld / Focus, München*

Die gordische Schleife
Roman

Selbs Betrug
Roman

Der Vorleser
Roman
Auch als Diogenes Hörbuch erschienen, gelesen von Hans Korte

Liebesfluchten
Geschichten
Die Geschichte *Der Seitensprung* auch als Diogenes Hörbuch erschienen, gelesen von Charles Brauer

Selbs Mord
Roman

Vergewisserungen
Über Politik, Recht, Schreiben und Glauben

Die Heimkehr
Roman
Auch als Diogenes Hörbuch erschienen, gelesen von Hans Korte

Vergangenheitsschuld
Beiträge zu einem deutschen Thema

Das Wochenende
Roman
Auch als Diogenes Hörbuch erschienen, gelesen von Hans Korte

Außerdem erschienen:

Bernhard Schlink & Walter Popp
Selbs Justiz
Roman

Selb-Trilogie
Selbs Justiz · Selbs Betrug · Selbs Mord
Diogenes Hörbuch, 2 CD im MP3-Format, gelesen von Hans Korte